転生しまして、現在は侍女でございます。

11

登場人物紹介
一緒に町屋敷に行くと約束したけれど……私は明日の朝そちらへ行くことにしたいの。だから、今日は……一人で、先に行っていて
ユリア
王女宮筆頭侍女として、プリメラに仕える。有能だと思われているが、恋愛ごとにはまだまだ疎い。
ユリア。……全部話すと言った約束を、今ここで果たしてもいいかな
アルダール
バウム伯爵家の長子で近衛騎士。恋人のユリアへの熱い気持ちを隠さない。
王女としても個人としても全力で応援するわ!!
プリメラ
クーラウム王国第一王女。ゲームでは悪役令嬢になってしまう予定だったが、ユリアの奮闘により才色兼備な姫に育った。

ユリア・フォン・ファンディッド子爵令嬢。
貴女に直接、謝罪をしたいと思っていた
バウム伯爵
アルダールの父。厳格で、多くの武人からも尊敬される大将軍。
……思えば、貴女とのお付き合いも随分と長いものとなりましたな
セバスチャン
王女宮の執事長。年長者として、ユリアを孫のように見守ってくれる頼もしい存在。
……騒がしいと思ったら、呼んでもいない来客でしたか。ようこそおいでくださいましたアルダールさま。ご用がないならばお帰りください
クレドリタス夫人
アルダールの実母。バウム家の町屋敷で一悶着あった後は、領にある別邸で暮らしている。
怖い。なんで。あたしが、ヒロインじゃないの？
ミュリエッタ
ゲームのヒロインで、ユリアと同じ転生者。アルダールのことが好きで、ことあるごとにユリアたちの前に現れる。

Contents

プロローグ

公務を終えて、一旦平和な日常が戻って参りました！

アルダールとの約束を果たすための日程をきちんと決める前に、まずは王太后さまにインクをお届けしなければなりません。大事なお約束ですもの。


ということで、離宮にて王太后さまと現在お茶を共にするという栄誉をいただいております。

侍女という立場を考えると、本来は雇用主である王家の方々と同じテーブルを共にするなどあり得ません。ですが、本日は私も非番の身。

是非にと王太后さまにお誘いいただいたなら、断るなどあり得ません。

勿論《もちろん》、立場の問題云々《うんぬん》という理由でもありますが、私の尊敬するお方の一人ですもの。

ご一緒するとなると、緊張はいたしますが……同時にとても嬉しいことでもあります！

やっぱり淑女として認めていただけた、そんな気分になりますからね‼

はあ……幸せ！

とはいえこのお茶会で会話のメインは、あの公務での出来事なんですけどね……。

「そう……そんなことがあったのねえ」

「はい。王太子殿下も大変驚いておられたご様子でした」

「そうよねえ。おそらくだけれど、アラルバートの手には余ると陛下が判断したのでしょう。でなければ、ユリアが言う通り、あまりにも上手《うま》くいきすぎだものね」

プリメラさまの公務、そこでのご様子などを聞きたいとのことでしたので私としてはいかにプリメラさまが町の役人たちの話に対し真摯《しんし》に耳を傾け頑張っておられたか、しっかりとお伝えしましたよ‼

まあ、その流れで……今回の騒動にも触れることになったんですけどね。

姫君至上主義と言いながら利己的な行動に走ってしまったユナさんと、おそらく前世の記憶を思い出したがゆえに神性を見出され、そして今世の自分を守るためにその前世を忘れることを選んだフィライラさまとの拗《こじ》れきった関係が起こした騒動。

王太后さまの耳にもその件は届いていたようで、改めて私の目で見たことも聞いておきたいとのことでしたから目新しい情報ってわけでもないのでしょうが……。

なんせ王太后さまはなんでも知っているからね！

いっつも笑顔でサラッとご存じなんだから……でもそこがミステリアスで魅力的ィ！

ちなみに今回の件ですが、王太后さま情報によるとマリンナル王国から後日改めて、内密かつ正式な謝罪があるんだとか。

（え、いや、何故《なぜ》にそのことを私にお話しになるのか……‼）

確かにまるで無関係とは言いませんけども。言いませんけども！

でも知っていると知らないとでは関係性が……いや知らないよりはいいのかもしれませんが。

ユナさんの処遇とか、彼女を今後どう扱っていくのかとか、フィライラさまに関してユナさんを御《ぎょ》せなかった件でのお咎めがあるのかどうかとか、王太子殿下が報酬としてもらうとしていた船についてとか……まあいろいろとあるのだと思います。

(ユナさんはあくまでマリンナル王国の人間である以上、リジル商会で働くとなると……あちらから〝お預かりした人材〟って扱いになるのかしら?)

ともかく、そこにプリメラさまと私が関与することはないと思います。

話し合いも含めてね。多分‼

それならそれで一安心。私としては文句などあるはずがございません。

安寧《あんねい》こそがベストですからね!

プリメラさまと私の生活はとにかく平和であってもらいたい‼

(もしかして公務に迷惑をかけたからってことでプリメラさま率いる王女宮のメンバーに補填《ほてん》か何か、ボーナスをいただけるとか……⁉ いや、さすがにそれはないか!)

プリメラさまは王家の一員として、そして私は侍女として務めを果たしただけですものね。

トラブルが少しだけ生じたとはいえ、公務自体は邪魔されてはいませんし……。

どちらかといえば王太子殿下の詰めの甘さが今回の失敗に繋がった原因なので、心配なのは王子宮筆頭の方ですかね。後で胃薬の差し入れをした方がいいかもしれません。

ただ、王太后さまが私にわざわざ教えてくださるってことは何かあるのだろうなあとどうしても思ってしまうわけで……。

そんな私の考えなんてまるっと全部お見通しなのか、王太后さまがふっと微笑みました。

相変わらず優雅にお茶を飲むその姿はお美しいの一言に尽きますね。

(はあ、なんて素敵なのかしら……お若い時にはどのご令嬢よりも美しかったと社交界の伝説だった話は先輩侍女たちから耳にタコができるくらい聞いてますが、見てみたかった……！）

お若い頃の王太后さまのお姿は、肖像画で拝見したことがあるのですが……実物はあれの何倍、いえ、何百倍も素敵だったに違いありません！

「うふふ、心配しないでユリア。わたくしの名にかけて、今後は貴女《あなた》たちに迷惑をかけさせないようにしてみせるから。期待していてちょうだい」

「えっ⁉ あ、ありがとうございます！」

違いました。まさかのものすごく頼れる発言でした！

やだ、別の意味でドキドキしちゃう……‼

（王太后さま、相変わらずかっこいい……！）

どうしましょう、私はアルダール一筋なんですけど胸のトキメキが止まらないっていうか、どの男性よりも素敵って思えちゃう王太后さまがすごすぎなのか……。

「まったく、うちの男どもと来たら困ったものねえ。勿論、降嫁するまでプリメラは今後も公務に携《たずさ》わるのだし、今回のようなことは経験しておくに越したことはないのだけれど……それでもちょっと欲張りすぎたのね、あの子も」

王太后さまが仰る『あの子』はおそらく王太子殿下のことでしょう。

確かに船の権利を理由に困っている婚約者に救いの手を差し伸べたことで、マリンナル王国に対し今後の関係性に優劣をつけたかったのだとしたら……ちょっぴり欲張ってしまった結果に終わったのだと思います。

まあ、婚約者と妹に対していいところを見せたかったっていう見栄もあったのでしょう。

けれど何もしない方が有能さが際立つってこともあるじゃないですか。

今回はそういうことだったんだと思います。

「まあ、マリンナル王国から王女宮にもお詫びの品が届くかもしれないけれど……それは受け取ってあげてちょうだいな。これからプリメラもあちらの国と親戚付き合いをするのだしね」

「かしこまりました」

「それはそうと以前、貴女たち若い恋人の逢瀬《おうせ》を邪魔してしまったことに対して償いをすると約束したことは覚えているかしら？」

「……は、はい……」

唐突なお言葉に噎《む》せるかと思いましたよ！

だってにこやか笑顔で逢瀬とか言われるとは思わないじゃないですか。

いやでも以前、確かにそう仰ったことは覚えています。

私が頷くと、王太后さまは満足そうに微笑んでくださいました。

「二人とも真面目だものねえ。こちらで一方的に日程を決めても良かったのだけれど……それよりも自分たちで話し合った日の方がいいわよね？　改めて申請してくれたら、滞りなく受理するようわたくしの方で手配をしておくから」

「あ……ありがとう、ございます……」

ああ、うん、そうでした。

今回公務が早まった件は必ず補填してくださるという約束どころか、アルダールとの約束についてまで知られているのでした！

なんだろうなあ、別に隠しておきたかったとかじゃないですし、からかわれているとかそういうこともないんですが、やっぱりなんかこう……ね？

（第三者から『恋人たち』とか『逢瀬』とか言われると照れくさいっていうか……！）

「ユリア、これはただの年寄りからのお節介な忠告だと思って聞き流してちょうだい」

「……はい」

「周囲の輩《やから》の中には貴女のことを地味だ、仕事一辺倒の堅物だなんて口さがない連中もいるけれど……貴女は十分に魅力的な女性よ。自信をお持ちなさいな」

「王太后さま……？」

「気に食わないことを言われたら張り倒す……のは貴女じゃ無理ねえ、性格が優しすぎるもの。でも思ったことははっきりと言ってやったらいいわ。男なんて生き物は、案外鈍感だもの。きちんと言葉にしてやらないとわからないところがあるんだから」

くすくすと笑う王太后さまは、テーブルの上にあったベルをちりりと鳴らしました。

すると、箱を持った執事さんと針子のおばあちゃんが現れて私たちに向かって一礼をしたかと思うと、執事さんだけが箱を置いてすぐに下がっていってしまいました。

「これはね、わたくしたちからの心ばかりの贈り物。若い二人が男たちの思惑のせいで苦労しているのを見てどうにも忍びなくってねえ」

「はあ」

「文句を言うべき相手はバウム伯爵よ、それは覚えておきなさい」

「はあ」

さっぱり事情がわからなくて目を白黒させてしまいましたが……おそらく王太后さまが『バウム伯爵』と言ったことから察するに、アルダールが私に対して『今は話すことができない』と言っていた件のことでしょうか。

ということは……やはり、予想通りバウム伯爵さまが口止めをしていたってことですよね。

それを今この段階で明かすということは、それについて王太后さまもご存じってことで……。

（アルダールがやっていることってもしかして、結構大がかりな話だったりするのかしら）

若干不安を覚える私に向かって、王太后さまはただ優しく笑うだけです。

ううーん、大人の余裕ぅ！

そして針子のおばあちゃんも微笑みながら、箱を開けて中身を取り出して見せてくれました。

「これ、旅行に、着て行って……ババアの、自信作……」

「おばあちゃん……‼」

私もこんな不安になんて負けていられません！

なんせ、私にはこんなに素敵な応援団がいるのです。

アルダールだってちゃんと時期が来たら話す、むしろ早く話したい……みたいなことを言っていましたし、私だってアルダールがそうやってきちんと隠さず説明してくれるというその誠意を感じたからこそ信じられるのです。

アルダールが私を好いてくれたから、好きになったんじゃない。

私自身がアルダールのことが好きだから、どんなことがあったってちゃんと受け止めたい。

今ではそう自信を持って言えます！

ほんの一年前の私だったら相変わらず自分に自信なんて持てなくて、悩みっぱなしだったに違いありません。でも今は違います。

「……お二人とも、お心遣いありがとうございます」

差し出されたワンピース。他にもいくつか見えるそれは、私の好みに合わせて針子のおばあちゃんが心を込めて作ってくれたもの。

これらの服を作るために、きっと王太后さまが布地を融通してくださったのでしょう。

プリメラさまだっていつも私の恋を応援してくださっているし、メイナやスカーレット、セバスチャンさんも、メッタボンも、レジーナさんも。

みんなみんな、私の味方なのです。

バウム伯爵さまがアルダールにどんなことを言って、何をさせていたのかは知りませんが……こんなに味方のいる私が今更負けるわけにはいかないってんですよね！

「……いい笑顔だわ。せいぜい、惚れ直させてやりなさい」

「はい！　……はい？」

いや、王太后さま。

それはちょっとハードル高いです……！

第一章　旅の仕度は忙しない

さて、王太后さまとのお茶会を終え、素敵な衣装もいただいて、心機一転！

今日はアルダールと一緒に城下へ食事に出ております。

ちなみにおばあちゃんが作ってくれたあの素敵な服は、旅行の時のお楽しみですね‼

とっておきの秘密兵器……じゃないですけど、楽しみに着たいと思います。

今回はゆっくりと話をするために、野苺亭ではなく個室のある別のお店に来ているんですが……ちょっとした内緒話にはもってこいなのです。

こういう場所でなくては、王太后さまから聞いたお話なんてできやしませんよ！

どこで誰に聞かれているかと思うとヒヤヒヤしちゃうじゃないですか、特に後ろめたいことがあるわけじゃないんですけども。ええ、決して。

「……へえ、なるほど。それじゃあ日程を決めて提出すればいいのか」

「ええ。王太后さまはそう仰ったけれど……いつがいいのかしら。バウム伯爵家へ行くのでしょう？　あちらのご都合もあるだろうし」

「そうだね、義母上《ははうえ》はいつでも構わないと言っていたが……念のために確認をしておくよ。別に寄らなくても私としては構わないんだけど、行かないと義母上の機嫌が悪くなるのが目に見えてわかっているからね……」

「まあまあ、そんなこと言わないの！」

苦笑しながらそう言うアルダールですが、私はバウム伯爵夫人であるアリッサさまにお会いできるのは嬉しいですよ。

（前回はちょっと慌ただしい感じでのご挨拶だったから、今度はもう少しゆっくりお話できたらいいんだけど……あんなことやこんなこと、いろいろと聞いてみたいんだよなあ）

ほら、主にアルダールの子供時代の話とかね！

本人が嫌がる話まで聞こうとは思ってませんし、家族関係がいろいろと複雑だった時期もあるわけですし、そこまで期待しているわけじゃありません。

ただ……こう、僅かでも私が知らないアルダールを知れたら嬉《うれ》しいなってだけです。

とはいえ、すでに私たちの中ではバウム領に向けて旅行するというのは決定事項でしたので、後は日程を決めて予定を埋めていくだけなんですが……。

いざ『好きな日にしていいよ』と言われると困ってしまうのはどうしてでしょう。

あれを引き継いでおかないと……とか、あの人の家庭事情があるから勤務を交代してもらうのも申し訳ない……とか、あれこれ話をしているとなかなか予定が噛み合わないのです。

（お互い同僚に迷惑をかけたくないんだからしょうがないといえばしょうがないんだけど……）

本当に予定を合わせるって難しいよね‼

こちらから休みを申請するとなると、どうしても周囲に気を遣ってしまうというか、気を遣わざるを得ないというか……。

（気にしすぎかなとは思うんだけど！）

アルダールは近衛騎士隊では若年層に入るから、やっぱり上の人たちに気を遣ってしまうわけですよ。そんでもって私は私で、役職持ちですからね……。

当然ですが王女宮のみんなに迷惑をかけないように仕事の配分を考えたいですもの。

少数精鋭ってのは誰かが抜けた時のフォローなどについてもしっかり考えないと、どうしても人数が少ない分、負担を増やしてしまうってことでもありますので。

そういう意味では近衛騎士隊は人数が王女宮よりも多いわけですが、体育会系っていうか先輩後輩の間柄が上品かつ厳しいっていうか。そこは貴族の集まりとはいえ騎士ですから。

「難しいですね……」

「うーん……いざ好きにって言われても結構悩むもんだなあ……」

顔を見合わせて思わず苦笑してしまいましたが、でもこうやって一緒に何かについて考えて悩むのっていうのも案外楽しいものです。

「そういえば、アルダールはバウム領で行きたいところがあるんですよね？」

「え？　……ああ、うん」

アルダールから誘われて軽くオッケーしてしまいましたが、正直私は今回『アルダールが今までのことについて話してくれる』ってことばかりに気を取られていました。

でもこれって旅行ですし、うん、まあ、ほらカップルでのラブラブデートの延長っていうかそんな感じ？　その方が話しやすいからだと思うんですけども。

（……だめだ、軽いノリでなんとか乗り切ろうと思ったけど余計に恥ずかしくなったな⁉）

でもわざわざ旅行って形でバウム領に行こうと誘ってくれたのって、話をする他に何か理由があるんじゃないかと、ふとそう思ったんです。

「実は……ユリアに私が、育った場所を見てもらおうと思って」

「え?」

「ある程度成長してから過ごした町屋敷は見てもらった。だけど……ユリアには、もっと私のことを知ってほしい」

「アルダール……?」

「今、私にとって大切な家族が暮らすバウム家や、私が育ったバウム領内にある小さな館や……幼い頃に隠れてやり過ごしていた秘密の場所を見てもらいたいって……ずっと、考えていたんだ」

アルダールが少しだけ複雑そうな表情で、微笑みました。

彼にとって、育った場所はあまり良い思い出がない場所です。

もう割り切っていると言ってもやはり楽しいものではないのでしょう。

それでもそこに足を運びたい、運ぶべきだと彼がそう思ったならば、彼なりに何か思うところがあってのことだと思います。

そして、そこに私を連れて言ってくれるというのは……なんというか、とても嬉しいです。

(私に、知ってほしい、ですって)

複雑な気持ちなのに、嬉しくてたまりません!

だってそれって、アルダールも私のことを信じているからこその発言じゃないですか。

やだ、相思相愛! 自分で思うとこっぱずかしいな‼

(だめです王太后さま、惚れ直させるどころか私が惚れ直してます‼)

いや王太后さまは新しい服を着て惚れ直させろって言ってたんでした。まだこれから!

しかし、何気なく示される信頼に胸が打ち抜かれるってものすごい威力です。

はあ、恋ってすごい……改めて実感いたしました。

普段からプリメラさまの行動に幾度となくときめきを感じてましたし、つい最近では王太后さまにもときめきましたが、それとはまた違うこの胸の高鳴り！

ええ、ええ、私もやっぱり乙女だったんですね。

そう思うと感慨深いものがあります。

「とりあえず、日付はもう少し悩むとしても内容だけは粗方決めておこうか」

「え、ええ！　そうしましょう！」

「夕方か夜に王城を出て、城下の町屋敷で一泊して朝早く出るつもりだけど」

アルダールの言葉に私は首を傾《かし》げました。

だって、わざわざ町屋敷に一度寄って翌朝出かけるってなんとなく非効率的じゃないかなって。

「え？　町屋敷に？　それなら王城から朝早く出るということもできるのでは」

「それはそうなんだけど、……その、それだと仲間内にはバレているから冷やかしが現れないかと……ちょっと心配でね」

「あ。ああー……」

それって主にハンスさんとかハンスさんとかハンスさんのことですよね。

うん、完全に理解！

確かにハンスさんって悪い人ではないんですけど……こういう時に悪ノリしそうですよね。

そうでなくとも今までも何度かタイミング悪く姿を見せたこともありますし……。

（だけど……あの人もただチャラいだけじゃなさそうなんだよなあ）

そのあたりについては私が知るべきではなさそうですし、わざわざアルダールに尋ねるってこともないんですが……どうしてこう王城で働く人って内面が複雑骨折してそうなんでしょうね？

素直な気持ちで仕え甲斐《がい》のある主人に給仕できて幸せ……っていう私のようなパターンは少数派だと自覚しておりますけど……。本当に私は運が良い。

いやあ、平和な暮らしができるってありがたいことです。

そんなことを考えたついでに、ふと思い出したことをアルダールに尋ねました。

「ねえアルダール。今回の公務先で知ったのだけれど……クリストファが公爵家の〝影〟だってこと、貴方《あなた》は知っていたの？」

「直接的には知らなかったけど、前々からそうじゃないかなとは思っていたよ」

「えっ……」

「それがどうかしたのかい？」

「い、いえ……なんでもないの」

以前アルダールがあの子に対して言葉を濁していたことを覚えていたので尋ねたら、普通にそんなこと言われて顔が引きつりそうです。

やはり、私が鈍いだけなのか！　そうなのか‼

自分で聞いておいてなんですが、ショックだわ……トホホ。

「ああ、そうだ」

そんな私をにこにこ顔で見ていたアルダールですが、ふと何かを思い出したようにポンと手を叩きました。なんだかそれがわざとらしくて、思わず身構えてしまいましたが仕方ないよね！

「会えなかった分、ユリアを補充しておきたいんだけど」

「……えっ」

アルダールは笑って少しだけ身を乗り出し、私にキスをしました。

テーブル越しのキスだなんてまるでドラマのようではありませんか！

誰もいない個室だからこそできることですが……触れるだけの可愛らしい、というには私としては照れるシチュエーションでしたが、恋人ですもんね？　このくらいね？

照れるけれどやっぱり嬉しくもあって、私はテーブルの上に置かれたアルダールの手をそっと握り返しました。するとアルダールが嬉しそうに微笑むではありませんか。

あーもう、あーもう。

やっぱり惚れ直すのは私ばっかりです！


さて、アルダールと話し合った結果。

外泊届を提出するのに望ましいのはお互いに仕事を昼か夕方で終えることができる日。

まずその日にバウム家の町屋敷で一泊、そこから馬車でバウム伯爵領へ出発。

そしてバウム伯爵邸に寄り、おそらくそちらで一泊の後、アルダールが育った場所を見て王城へ帰る……という感じでいいんじゃないかなって話になりました。

あまり細々と予定を組んではどこかでズレたりすると大変ですからね！

天候が悪くなる時期ではありませんが、道中何があるかわからないじゃないですか。

それに、途中の町で気になったものがあれば観光もするつもりですし。

こういうのは大雑把《おおざっぱ》な計画でいいんですよ！　ビバ大雑把‼

とりあえずはその予定で日程調整をするので、私はセバスチャンさんに相談することにしました。

今は大きなイベントもない時期ですからね、引き継ぐことも特別ないと言えばないのですが……

それでも責任者として気を配るのは当然というものです。

そして責任者としての私が頼るべき相手は、やはりセバスチャンさんなのです！

「というわけで、まだ日程ははっきりしていないのですけど……その際はよろしくお願いします」

「かしこまりました。お任せください」

柔和《にゅうわ》に微笑んで快諾《かいだく》してくれるセバスチャンさんですが、なんかすごく……こう、微笑ましいものを見ているような視線なのは何故でしょう。

いえ、わかっておりますとも。わかっておりますとも‼

以前から私の恋についていていろいろと応援してくださいましたからね‼

くっ……親切心からだとわかっていても身内に恋の応援をされるのはやはり恥ずかしい……。

「さて、業務的な話は一旦横に置きまして、少々お時間よろしいですかな？」

「大丈夫ですが……。珍しいですね、セバスチャンさんがそのように改まって」

「いやいや、それもこれもきちんと話をするべきと判断して……ですぞ？」

いつものようにお茶目な笑顔でウィンクをしてくれたセバスチャンさんでしたが、すぐに真面目な表情になったのです。

それに釣られて私も背筋を正すと、セバスチャンさんは目元を和らげました。

「……思えば、貴女とのお付き合いも随分と長いものとなりましたな」

「かれこれ十年以上のお付き合いですものね」

「殆《ほとん》ど実家にも帰らずここで過ごしてばかりで、当初は心配していたものですぞ？」

「その節は大変ご迷惑を……」

後宮からプリメラさまが移られた際に王女宮にいたのは、私とセバスチャンさんだけでした。

その当時、私はまだまだ侍女として未熟でした。ですので、熟練の執事であるセバスチャンさんに指導していただきつつ日々の業務をこなしていたわけで……。

（あの頃は、少しでも早く仕事を覚えようって躍起《やっき》になっていたのよね）

碌《ろく》に帰省もせず、必死にプリメラさまの専属侍女として、王女宮筆頭として、少しでも早く一人前になるべくセバスチャンさんに教えを請《こ》うたものです。

まあ実家に帰る度に見合いの話をされるのがイヤだったってのも理由の一つだったんだけども。

早く一人前になりたかったのも事実、実家に帰りたくなかったのも事実。

今にして思うと、随分と贅沢《ぜいたく》な悩みだったんですねえ。

（でも……今更どうしてそんな話を？）

私が懐かしさと同時に不思議に思って首を傾げると、セバスチャンさんは珍しく疲れた様子でため息を吐きました。

「プリメラさまから、私が影であったことを耳にしたと」

「あ、ああー。はい、確かに……エッ⁉　もしやそれで何か問題が起きましたか⁉」

私が知ってしまったことでセバスチャンさんに何か不利益が⁉

そんな……それだったら急いで釈明なりなんなりしないといけません！

やっぱり陛下⁉　いやさすがに直は無理だからヒゲ殿下のところに行く⁉

偶然知ってしまったとはいえ、それで迷惑をかけていただなんて……どうしましょう‼

「いえ、何もございませんぞ。これを聞いたのが王女宮の若い子たちであるならば多少なりとも口止めは必要でしょうが、貴女はきちんと分別があると私もよぅく知っておりますからな」

「あ、ありがとうございます……？」

多分コレは褒められている。なんだか懐かしむ雰囲気の中で成長を喜ぶ親目線っぽいものを含んでいるような気がして、なんだか照れくさいんですけども。

しかしこれは素直に受け取っていいはずの称賛ですよね、きっと！

でもその半面、頭の片隅に『もしかしてそのせいで厄介な話をされる可能性が……？』なんて疑いの気持ちが首をもたげております。私の考え過ぎでしょうか？

「かつて私は国王陛下の〝影〟の一人でした」

「は、はい！」

「本来、加齢と共に衰えが見え始めた私のような〝影〟は、次代の〝影〟を育てる側になるのですが……陛下が今の役目を与えてくださり現在に至るというわけです」

「……なる、ほど？」

「ふふ、何故このような話をされているのかさっぱり理解ができないと言った顔ですな！」

楽しそうな笑みを浮かべたセバスチャンさんは、ふと私の方に手を伸ばしてきました。

そして少しだけ躊躇《ためら》うような素振りを見せつつも私の頭を優しい手つきで撫でてくれたのです。

私の記憶が確かならば、これまでで初めてのことのように思います。

幼い頃の私を褒める時も目線を合わせるとか、お菓子をそっとくれたとかぐらいで……。

思わずぱちくりと目を瞬《また》かせた私に、セバスチャンさんは優しく微笑みました。

「……勝手に、名乗るわけにはいきませんでしたからな。ですが、プリメラさまがお話しなさったのであれば、私も貴女に自分の口からも告げておくべきだと思ったのです」

「セバスチャンさん……」

そうですよね、そのお気持ちは察します。

自分が『国王陛下の〝影〟出身です！』なんて自己紹介、普通に考えたらできませんものね‼

現在の主人であるプリメラさまが私を信頼して話した……そういう事情があればこそ、情報の共有という形で本人も話すことができるのでしょう。

いやもうなんか知っている体《てい》で話されたことは内緒ですけども。

いいえ、勿論、セバスチャンさんが今こうして自分から話してくださっているのは、私と過ごしてきた年月による信頼があってこそと承知しております。

でもね、建前を理解しておかないと頬が緩《ゆる》みそうになるじゃありませんか！

(ものすごく嬉しいんですもの)

そのお役目の性質上、話すことが許可されたからといって本人から明かす必要はありません。

別に個人の感情に左右されるべき問題ではないのですから。

それでもセバスチャンさんは、きちんと、私に対して自分の口で直接言いたかったと……そう言ってくれたのです。

これを喜ばずになんとしましょうか‼

よくわからないまま小娘の面倒を見させられた日々を思えば苛立《いらだ》ちもあったでしょうに、今ではお酒を一緒に飲んだりするだけでなく美味しいお茶を淹《い》れてくれたり、たまーに世話焼きな面を見せたり、時には揶揄《からか》ってきたりと……しかも全く以《もっ》て〝影〟だなんてこれっぽっちもわかってなかった私に対してもこの真摯な対応ときたら‼

頭まで撫でて、これまで築いてきた関係が確かなものであると……なんでしょうか、実家にいたのと同じくらいの年月を過ごし、そして共にいた同僚であり先輩であるセバスチャンさんにこれまでも認めていただいていたと理解しています。

理解していますが、それとはまた別の、こう……こみ上げてくるものがあるじゃあないですか！

そんな風に感動している私に、セバスチャンさんはふと再び真面目な顔をなさいました。

「ただ一つ、申し上げておかねばならぬこともありましてな」

「はい？　なんでしょうか」

きりっとしたその様子に、私も再び姿勢を正す。

するとセバスチャンさんは人差し指を立てるようにして、続けました。

「もうこの流れでおわかりでしょうが、ニコラスのやつは王太子殿下の〝影〟でしてな。とはいえ、あのように性格がねじ曲がっているのはあやつくらいですので、どうか一緒に考えぬよう。くれぐれもお願いします」

「は、はあ……」

あれ、そんなことバラしていいのかな。

察してるだろうけどって全然察しておりませんでした！

ええ、まあ、言われてみればなるほどーって感じではあるんですが。

ニコラスさんが。へえ、ほお、ふうん。

いや、うん。心底それはどうでもいいや。私には関係ないしね！

（っていうか、性格がねじ曲がってるって同輩にまで言われるってどんだけ……）

しかも他の〝影〟たちはそんなことないってフォローが入る辺り、ニコラスさんのせいで風評被害でも広がってるのかしら？　影界隈《かいわい》に。

だけど影界隈ってものすごいニッチな界隈だな……。

「それでは、これからもよろしくお願いしますぞ、ユリアさん」

「……ええ。よろしくお願いします、セバスチャンさん」

肝心な仕事内容とかについては一切触れていない、だけど私もそこには触れない。

おそらく、お互いのためにはそれが一番なのでしょう。

プリメラさまと過ごすために必要な伝達事項ってわけでもないしね！

これからもよろしくってことは唐突にセバスチャンさんが引退するとかでもなさそうですし！

それならそれでいいんです。

私にとって、平和に生活できるのが一番なのですから！

あれから。

ようやく話し合いや調整を重ねた結果、三週間後に予定を無事組むことができました！

いやあ、びっくりするくらい日程が合わず、アルダールと一緒に苦笑してしまいましたよ。

私の方は公務がないにしろ、貴族家が絡んだ納品物に関してはさすがにメイナとスカーレットに代わってもらうわけにはいきませんし……そういう意味ではセバスチャンさんでもいいのでしょうが、義理ってもんがありますからね。

アルダールの方は他の先輩方にお伺《うかが》いを立てつつ……って感じで。

周りの人に迷惑をかけないようにと言いつつも、結局周りに助けられてなんとかなりました！

というのも、ああでもないこうでもないと悩んでいたら、最終的には統括侍女さまと近衛騎士隊長さまから『早く決めるように』って逆に叱られてしまいまして……。

さすがに私たち個人の都合を押し通すのもなあといろいろ悩んでいたんですが、結局好きな日を選んでフォローをしてもらうということで落ち着いたのです。

（いやあ、持つべきは良い上司……ってやつかな？）

おかげで予定がきちんと決まりましたし、それに向けての調整は順調です！

何か王女宮で対処せねばならない時はセバスチャンさんは勿論のこと、万が一の場合は統括侍女さまもお力添えしてくださるとお約束してくださったので、安心です！

……もしそうなった場合は、メイナとスカーレットが大変でしょうけれども。心境的に。

あの二人ったら統括侍女さまを前にすると未だに緊張して固まっちゃいますからね……まだまだと言いたいところですが、正直なところその気持ちはようくわかりますとも。

それはともかく。

「すみません、ケイトリンさん。わざわざお付き合いいただいて……」

「いえいえ！　これも騎士としての職務ですから‼」

今日の私は護衛騎士であるケイトリンさんと共にリジル商会に向かっております。

何故かって？

だってバウム領に行った折にはバウム伯爵邸に行って、夫人とお茶を共にするじゃありませんか。

そう、それなのに客人として招かれたとはいえ、身分も年齢も下の私が！　手土産の！　一つも持っていかないなんてあり得ません‼

ましてや恋人のお義母《かあ》さまですよ⁉　礼を尽くすべきです‼

王宮の侍女は何を学んでいるんだって言われ……言われないな、私個人の問題でした。

「しかし、何が良いかしら……」

日持ちしそうなお菓子？　お花？　アクセサリーや小物はそれこそセンスを問われそう。

家族であるアルダールにアリッサさまの好むものを聞こうかと考えたんですが……日程が決まってから彼は彼で隊の仲間たちと何やら忙しくしているようで、そこに私まで加わったらなんだか負担になりそうじゃないですか。

なので申し訳なくて相談できずに今日まで来てしまいました。

ううーん、悩ましい！

そういうこともあって、本日の行き先はリジル商会です！

大陸中の品々を網羅《もうら》しているリジル商会ならば、流行のものからロングセラー商品まで取り扱っていますからね。きっと良い品と巡り逢えることでしょう。

品質がしっかりしていることはもうわかっていますし、安心安全。やはり初めての贈り物を選ぶ際にはどうしても気合いが入ってしまうので、無難なところから探すのがいいと思います。

筆頭侍女なんてしているとあれこれ新進気鋭の作家や職人の話題も耳にすることが多いですが、贈り物として喜ばれるかは人によりますからね……。

そのあたりはアリッサさまのお好みがわかってからの方が良いと判断いたしました。

「ユリアさまの護衛に選ばれたことは王女騎士団の一人としてとても名誉あることだと思っております！　本日は気合いを入れて任務に当たらせていただきますね！」

「ケ、ケイトリンさん落ち着いて。ただ買い物に行くだけですから……」

ふんすと気合いを入れる姿は大変可愛いんですけども、剣に手を伸ばして気合いを入れるのはちょっと物騒だから落ち着いてもらいたいものです。

本当はレジーナさんに護衛を頼もうと思ったんですが、彼女は別件で任務があったため、今回はケイトリンさんにお願いすることになったのです。

まさかこんなに喜んでもらえるとは思いもよりませんでした。

「そういえばつい最近実家で耳にした話なんですけど、最近リジル商会で売り出した扇子《せんす》が茶会で話題になっているそうですよ」

「扇子……ああ、そういえば話は私も耳にしました。大変な人気で入手が困難になっているそうですが、ケイトリンさんは実物をご覧に？」

「いえ。母が社交の場で見かけたそうです。綺麗な紗《しゃ》を用いたもので、何でも小ぶりの宝石が織り込まれているのだとか。見た目は一見地味に見えるようですが、光の加減で見え方が変わるそうですよ。それがまた落ち着いた女性に見えると評判なのだそうです」

「そうなのね……。買うかどうかは別として、是非見ておきたいですね」

ケイトリンさんは貴族令嬢ということもあって、やはりこういったことにも詳しく、ある意味今回は最適な人材だったかもしれません。

（しかし彼女のお母さまってことはレムレッド侯爵夫人でしょう？）

そんな高貴な身分の方が参加するような社交の場で見かけたって……結構なお値段がしそうっていうか。流行を押さえている社交界の淑女たちなら手に入れてそうだなあと思いました。

まあどうやら素材を変えることによって庶民から貴婦人まで……という謳《うた》い文句で売り出しているようでしたので、自分用にお手軽な値段のものを見るのはいいかもしれませんね！

（ああ、でも……アリッサさまはそういうことに興味がないってアルダールが言っていたっけ）

観劇はお好きだけれど、必要以上に着飾るのはあまり好ましく思っていないんですって。

わかっているのは花とお菓子がお好きなんだとか。

だからバウム伯爵さまが領地にお帰りの際は必ずミッチェラン製菓店のチョコレートを買っていくそうです。それを聞いて仲の良いご夫婦だなあと思ったものです。

（そうだわ、チョコレートと扇子、両方をお土産にしたらどうかしら？）

手に入るかどうかは別として、候補として考えておくのはいいアイデアではないでしょうか。

それに公式の場で使うかは別問題。

そんなに人気のある品ならば特注でプリメラさま用に注文してもいいかなって思うんですよ‼

紗は春から夏にかけて使われる布地ですが、扇子なら結構普段から使いやすいのでは？

これからはディーンさまとのデートで観劇や夜会などもあるかもしれませんし……そんな時、気軽に使える扇子などの小物はこれからいくつあったって良いのです。

（季節やドレスに合わせた色合いのものと、それに合った宝石を選んで……ああ、ディーンさまにはその際に揃いの宝石でタイピンなどを用意するのもいいかもしれない！）

想像するだけで楽しいですね、これは……！

ちなみにプリメラさまの社交界デビューの予定は王太子殿下の立太子の儀を行う……つまり、ゲームで言えばエンディングの時期、それが済んでからなので来年の話ですけどね‼

妹姫という立場上、やはり兄である王太子殿下が国内外に対して正式にそのお立場を示してからでないといけないという暗黙の了解があってですね……。

けれど社交界デビューをしていなくとも、夜会などには参加ができるのです。

というか、単独公務を終えたプリメラさまは今後公務の一環として夜会などにも参加する可能性があるわけですから……私としても流行には触れておきたい。是が非でも。

これは私欲ではありませんよ？　あくまでも今後のためです‼

「折角ですから、ユリアさまもお好みの色で扇子を誂《あつら》えられてはいかがですか？　確か、オーダーメイドも各種取り扱っていると母から聞いています。予約が殺到しているようですが、ユリアさまからのご依頼とあれば商会も優先して依頼を受けてくれると思います！」

「ええ、リジル商会がセレッセ伯爵領の職人と契約しているので、とても質の良い物ができあがると私も耳にしています。ですが、やはり直接見てから考えましょう」

「はい」

馬車での移動はとてもスムーズでした。

けっしてケイトリンさんが言うように私を特別扱いしているというわけではなく、リジル商会がお客さまに対してどれだけ丁寧《ていねい》に、かつストレスをかけないようにしているかという営業努力の賜《たま》物《もの》ってやつですね。

とはいっても一般のルートではなく、貴族としてで今日は商会に足を運んでいるので、若干緊張をしておりますが……すでに何度か足を運んだこともあるリジル商会。

もう臆したりなどいたしません！

（初めてこの店に来た時って……確か、王女宮筆頭になってすぐだったかな）

あの頃、まだまだ子供だった私からしてみると、ここは大変敷居の高い商会でした。

それでも筆頭侍女になった私は持ち物は気を配るべきであるし、また良い物を見て目を肥やすことも大事であるとセバスチャンさんに諭されて、勇気を出したっけ。

今となっては懐かしいですが、買い物をするというよりも見学気分でしたね……。

あ、当然ですがちゃんとお買い物もしましたよ！

セバスチャンさんがご褒美に紅茶を買ってくれたこともちゃんと覚えています。

（本当に、懐かしいなあ）

その後は何度か個人でも利用しましたし、お父さまの借金問題で返済計画を持ち込んだりと……おや？　意外と利用していましたね……。

「いらっしゃいませ、ようこそリジル商会へ」

「……え」

緩やかにスピードを落とした馬車が止まり、御者がドアを開けてくれて降りようとした瞬間、私は驚いてしまいました。

幼い頃は一般のお客さまと同じ正面の入り口からでした。

今は筆頭侍女としてそれなりに頭角を現した私は貴族専用の出入り口で対応してもらえるようになっているので、出迎えがあるのは当然といえば当然なのですが……それについて驚いたわけじゃないですよ？

……幼い頃も子爵令嬢だっただろうっていうツッコミはナシです。

そりゃ私が小心者だってこともありますが、いくら貴族令嬢でも格差ってのはどうしたって存在するんですよ。地方の弱小領主の娘なんて、実際のところ平民に毛が生えた程度です。

代々恵まれた土地を持っているだとか、商才があるとかなら別ですけどね？

そうじゃない場合はあまり商人たちにも重視してもらえません。悲しいけれどこれが現実。

貴族だからって高飛車な態度を取る人も稀《まれ》にいますが、表向きへりくだった対応をしてもらえたとしても後々悪い方向に尾を引くことは目に見えているじゃありませんか。

だから自分の立ち位置を理解して、弁《わきま》えた行動を取るのが賢い生き方です。

まあそれはともかくとして、そう……驚いたのは私を出迎えてくれた人ですよ！

あまりにもその人が予想外だったものですから、思わず立ち止まってしまいました。

「今をときめく王女宮筆頭さまをお出迎えできるだなんて、今日のぼくはとてもツイているなあ。そうは思わないかい？　ユナ」

「……どうでしょうか。私にはわかりかねます」

なんと、私たちを出迎えたのはリジル商会の跡取りであるリード・マルク・リジルくんと、もう会うこともないであろうとつい先ほどまで考えていたユナさんだったのです‼

彼らの登場に私だけでなくケイトリンさんも驚いているようでした。

そして更に驚くべきことに、そんな彼らの近くにはタルボット商会の会頭もいるではありませんか。なんだこの組み合わせ！

悪巧《だく》みしてそうな……ってさすがにそれは失礼でした。反省。

「ああ、残念だなあ。ぼくはこれから別件の仕事がありまして……お越しになると知っていたら、直接ご案内したかったんですけどね。父から貴女さまのお話をいろいろと耳にしているものですから、是非一度ゆっくりお話を伺ってみたかったのに」

「……さようですか、それはお耳汚しでございました」

私は客で、彼はお店の跡取り息子。

その関係で言えば私がへりくだる必要はないと思います。

ただ彼は王太子殿下のご学友でもあるし、なによりユナさんの身柄を預かる云々ってこともあって私は距離をとることも兼ねて丁寧に接することにしました。

身分と財産、全部が釣り合い取れているわけじゃないのは世の中の難しいところです。

ザ・他人行儀。いや、他人行儀で当然なんですが。

なんせ、知り合いですらありませんからね！

身構える私をよそに、リードくんは本当に残念そうな顔をしながらその場を後にしました。

その後ろをついていくユナさんも特に私を見て何かを言うでもなく、ただ会釈しただけ。

なんだか拍子抜けと言ってはあれですが、身構えて損したっていうか……。

（……忙しいっていうのは嘘じゃなさそうね）

ユナさんと、タルボット商会の会頭を引き連れて去って行った少年の後ろ姿を少しだけ見送って、私はそっとため息を吐き出しました。

なんでしょう、まだ少年と言って間違いない年齢ですのに、それなりに大きな商会の会頭を引き連れて歩くことに違和感がない姿！

やはり王太子殿下のオトモダチなだけあります。末恐ろしいとはまさにこのこと。

（……それにしても、何故ユナさんを連れて歩いているのかしら）

そもそもタルボットさんもなんで一緒にいたんでしょう。ユナさんのことが気になったから？

まあできる範囲で想像してみましたが、彼女は今後マリンナル王国の人間としてクーラウム王国内の商会で学ぶ研修生的な扱いになっているはず。

（ということは……本店の見学も兼ねて心構えや販売方法の説明とか、かな……？）

タルボット商会の会頭さんがいらっしゃったのも、あちらの国との仲介をしているから、とか？

そして、リードくんが案内して回るのはこの件を一任されたから、とか？

（ううーん、わかんないな）

ユナさんは、一体リジル商会でどのようなことを任されるのでしょう。

まさかこの本店に配属ってことはないと思うんですが……いや、でも目が行き届く環境と言えばそうかも？　なにせ彼女も一応は〝他国からお預かりしているお客さま〟です。

理由はともかく、対外的には。

でもいずれフィライラさまが嫁いで来られた時に、本店に彼女がいたらと思うとそれはそれでまずいんじゃないかなと思いますけどね。

（まあ私がここで考えたってしょうがない）

するっとこの場からいなくなってくれたんだから、それで良しとしなければ！

無用な詮索《せんさく》は厄介ごとを引き寄せてしまいかねませんからね。

王太后さまが今後のことをお約束くださったのですし、気にしすぎてもよくありません。

（そうよ、そこについて考えるのは私の役目ではないのだし）

若干微妙な空気になってしまったことに苦笑しつつ、私とケイトリンさんは予定通り買い物をすることにしました。

目的は決まっているので、応接室に案内された後はやることなんて簡単です。

（まあまさかの私相手に店長が相手してくださるとは思いもしなかったけどね……）

とはいえ、やることは変わりません。

あれこれ条件を述べて、それに見合った品を持ってきてもらい、もっと良い物はないのかと聞いてみたり逆に勧められたり、そういうやりとりをすればいいんです。

ええ、簡単ですとも。

（億劫《おっくう》ですけどね‼）

正直お気軽にジェンダ商会でお菓子の詰め合わせを買って終わりとかにしたい気持ちだってありますよ、だけど今回は特別っていうかなんていうか。

高位貴族の女主人が待つ邸宅にお伺いする上、それが恋人の母親ってなるとやっぱり良い印象を持たれたいじゃないですか！

下心って言うな、乙女心ですよ乙女心！

極端な例ですが、普通の菓子折を持っていったからってアリッサさまが『所詮《しょせん》、下位貴族の娘なんだな……』なんてがっかりするような女性じゃないってわかってますよ‼

でもそういうんじゃなくて、こう……わかりますかね……。

複雑な乙女心なんですよ！

「そういえば巷《ちまた》でリジル商会が出した新作の扇子がとても良いと小耳に挟んだのですけれど、そちらはあるのかしら？　人気で品薄だというから、難しいですか」

「王女宮筆頭さまのお耳に入っておりますとは！　大変名誉な話でございます。確かにそちらの商品は現在貴族家のご婦人方にも好評いただいておりまして品薄ではありますが、王女宮筆頭さまには是非お手にとっていただきたく存じます」

「まあ、ありがとう」

店長さんはとても人の良さそうな笑みを浮かべていますが、ええ、ええ、わかってますよ。

私が気に入る、イコール王女殿下が手に取られるかもしれないって図式が今、頭の中を駆け巡っているんでしょうね！

店長さんの合図であっという間に私の前に並べられた扇子、扇子、扇子。

どこが品薄だって？　と突っ込みたくなりましたが、まあおそらくそちらは『高級品の』と前置きがついたり、流行に乗っかってやろうと躍起になったお客さんを牽制《けんせい》するための噂なのでしょう。

実際、流行の布地を買い占めようとするご令嬢が出てトラブルが起きたことが以前あったのです。私のところにも話が回ってきて、それはもう大変な騒ぎになりました。

「こちらの青の紗の生地を使ったものには銀糸を交ぜておりまして、これからの春シーズンには涼やかさを追求した品になります。他にも……」

「宝石を砕いた粉も種類を変えることができ……」

「軸は木を使うことで軽さを追求し、細工を……」

店長さんとおそらくこの扇子の開発関係者でしょうか？

そんな方々の説明を聞いて『なるほど、かなり力を入れている商品だな』と納得しましたね！

とにかく、そういった売り込みをしっかり聞いて贈り物用の紗の扇子をゲットです！

それだけでなく、二週間以内で細工の追加もお願いすることができました。

持ち手の所に花模様と宝石を品良くあしらってもらう予定です。

いやあ、堅実に生きてきたことが今回こんなに活かされるだなんて思いもしませんでした……

『王女宮筆頭さまには今後とも当商会を利用していただきたいので』って言われましたけどね！

そこは持ちつ持たれつです。確かに素敵な商品であることは間違いありませんので、プリメラさまのご意見を伺ってから正式に王女宮としても発注したいと思います。

見たところなかなか実用性も高そうでしたので、自分用にもコッソリ購入を決めました。

今後は私も貴族令嬢として行動することが増えるかもしれませんし？

一目惚れとか、そんなね？

ちなみに私が購入を決めた扇子は濃いめの紺青色《ぐんじょういろ》が扇面の上から下へと薄まっていくグラデーションになっているもので、小さな金銀のラメが施されている品でして……。

夜会とか、あんまり行く予定はないですが……あったら、いいかなって。

持っているだけでほら、令嬢レベルが上がりそうじゃありませんか！

なんだ令嬢レベルって‼

（別にその色がアルダールの目の色に似ているとかそんなん意識したわけじゃないし。持ち手の所に掘られている鈴蘭が可愛かっただけだし？）

言い訳めいたことを自分でも考えつつ、ケイトリンさんをチラリと見ると彼女は彼女で目をキラキラさせていました。

彼女もお年頃な女性ですものね！

その様子が微笑ましくてつい見つめると、その視線に気がついた彼女はポッと頬を赤らめました。

「も、申し訳ございません。護衛の任務中ですのにこのような……以後、気をつけます」

「いいえ、構いませんよ。リジル商会の応接間ですもの、貴女がいてくださるだけでもこちらの警備の方々もきっと身が引き締まる思いでしょう。それでより安全に全ての方が過ごせるならばそれでよろしいじゃありませんか」

「……でも……」

リジル商会は警備がきちんとしていることでも有名です。そこらの貴族じゃ話にならないくらいのレベルだって有名な話ですよ。

その中でも応接間となればお得意さま相手のお部屋、警備はさらに厳重なのですから、ケイトリンさんがほんの少し油断しても大丈夫ではないでしょうか。

勿論、護衛の騎士としては褒められた行動ではありません。

特に護衛対象に対して謝罪するのはともかく、場所が問題っていうかね。

けれど目の前にいる商会の店長がにこにこと笑みを浮かべている前で彼女を叱責《しっせき》するわけにもいきませんし、私が彼女の謝罪に対して堂々と余裕を持って対応してみせることも大事です。

多少の油断があってもこちらにはそれだけの余裕があると見せつけるようにね。

面倒くさい駆け引きのようなものではありますが、双方の体面を守るためにはそういったことにも気を配るのができる侍女というものです！

まあ警備の方々もケイトリンさんという騎士が私の傍《そば》にいるので、いつも以上に緊張して良い刺激になったんじゃないですかね。

なにせ、彼女の制服は滅多にお目にかかれない、王城の護衛騎士のものなのですから。

それだけでどれだけ優秀なのかわかってしまうんだから、制服って偉大。

きっとそういう意味でも良い訓練になったと店長はご満悦なんだと思います。

やっぱり狸ばっかりだな！

「ケイトリンさんはきっと私を守ってくださると信じておりますから」

「ユリアさま……はい、勿論です！」

「それに、この部屋での安全は商会が名を懸けてくださるでしょう？」

「勿論でございますとも。当商会に信を置いていただけて誠に光栄です」

ふう、このくらいでいいでしょう！

あんまりこういうやりとりは得意じゃないんですが、こういう時は表情筋が鍛えられていて良かったと心底思いますね！　内心ドッキドキですけど‼

「それで、ケイトリンさんはどちらの品が気になったのですか？」

「あ、はい。わたくしとしては、あちらの品々が……」

「ではそちらも見せていただいても？」

「かしこまりました」

実はケイトリンさんの話は、私にとってとても参考になるのです。

何故ならば、彼女は裕福な高位貴族のお嬢さまだから！

そんな彼女は普段侍女という身分に甘んじて宮から外に出ない私と違い、社交界の情報にも聡《さと》く、また若い感性もあるため、今の流行を知るにはもってこいの人材なのです……‼

勿論、私もプリメラさまの侍女としてあれこれ情報に対してアンテナを張っているつもりですけどね……少しだけ自信がないというか。

（ある意味ラッキーだったわあ）

私自身も流行にはそう疎《うと》くないと自負しておりますが、あくまでそれはプリメラさまの御為《おんため》に学んでいるだけなので……。

実際に自分が貴族令嬢という立場で見た時にそれが正しいかって問われると、ちょっと自信がグラつくっていうか。

かといって、じゃあ高位貴族で頼れる女子といえば？

そう、我らがビアンカさまがいらっしゃる！　うん、規格外‼

裕福とかそんなの通り越してますし、社交界の花に憧れることはあってもあの方の真似は……

ちょっと、今の私には無謀かなって……。

教えてくださいってお願いしたらあれこれご教授してくださるでしょうし、きっと私のレベルに合わせた小物なんかもチョイスしてくださるとはわかっちゃいますけども。

（同時にしれっととんでもない品物とかを『友達のために』とか仰ってプレゼントしてきそうだから頼りづらいんだよなあ……）

またそれを素直に受け取れない私だから問題なんだろうけど。

そのあたりは今後、お互いに折り合いを付けていかないといけない課題です。

なんせ、爵位の差はあれどもお友達なんですから！

これからも記念日とかだけじゃなく、なんでもない日にもプレゼントを贈り合えるような関係でありたいと私は心から願っているのです。

（……もし、私がナシャンダ侯爵さまの養女になっていたら……違ったのかしら）

結局、あのお話はなかったことになったけれど。

それも私のわがままを周囲が受け入れてくれたってだけの話だし……ああ、思い返すとご迷惑をおかけしているよなあって、落ち込んでいる場合じゃありませんでした！

「それでは、諸々《もろもろ》よろしくお願いします」

「はい、確かに承《うけたまわ》りました。今後ともどうぞご贔屓《ひいき》に」

ケイトリンさんを伴って、私たちはリジル商会を後にしたのでした。

早速王城に戻ったら私用に購入した紗の扇子をプリメラさまにもご覧いただきましょう。

きっとプリメラさまもお気に召すはずです。

そうしたらご希望を伺って、オーダーメイドの準備に入らなくっちゃ！


あれこれと調整しつつ、毎日を堅実に過ごしていると三週間なんてあっという間にやってきてしまいました。

夕方からと言わず午後から休んでくれて構わないというプリメラさまのご厚意もあって、私は朝礼を行った後に細々としたことをセバスチャンさんに引き継ぎ、約束の時間までのんびりと準備をさせてもらうことにしました。

まあ、荷物とかはすでに準備済みですから、最後に忘れ物がないか再度チェックする程度なんですけどね‼

（……しかしまあ、私よりもメイナとスカーレットが張り切っているのがなんとも……）

この小旅行中はセバスチャンさんが私の業務を引き継いでくれるのはメイナとスカーレットにも説明済みです。万が一の連絡先はバウム伯爵邸になっていますしね。

私たちのようにある程度の役職にある人間は旅行などをする際は、大雑把でいいので行き先を申告し、何かあった際には連絡が取れるようにしておくものなのです。

たとえばどこ地方に行くから、何かあった際は領主の館、もしくは大きな教会みたいなね。

道中どこでどう足止めを食うかはわかりませんし、万が一なんて何もないと思いますが念のためですね。

今回はアルダールが一緒なのでみんな最初から『バウム伯爵領でしょ？』ってしれっと察していることがなんというか……解せぬ！

（私が不在の間も自分たちも役に立ってみせますってメイナもスカーレットも張り切っていたけど……空回りしないといいなあ）

そのあたりはセバスチャンさんがなんとかしてくれることでしょう。

あの子たちもすっかり一人前だと思いますが、まだまだ可愛らしいところがたくさんあって心配です。とはいえ、私が口出しするほどのこともないのでしょうけれどね。

この分でしたら、メイナもスカーレットもいずれは私と同じように責任者側に回る日も遠くないのかもしれません。

プリメラさまの降嫁の際に進退を問われますので、このまま残るようであればこれまでの実績を元に王城内でそれなりのポジションを得られるはずです。

統括侍女さまでしたら正当なる評価をしてくださるに違いありません。

私は勿論、プリメラさまについていきますけど‼

（今のままなら、プリメラさまのご結婚の方が早そうだものね）

いいんですよ、私とアルダールは私たちなりの歩みがあるんですから。

アルダールがどう思っているかはわかりませんし、私だって結婚したいとかそういうことを彼に話したこともありませんし。

現実問題として私自身、結婚したいのか正直よくわかりませんしね……。

だって別に今でも不自由は感じていませんから。

(お義母さまは昔よく『結婚は女の幸せなんだ』って言ってたけど)

今はどうお考えなんでしょうか。ちょっと聞いてみたい気もします。

(そのうち帰省するんだし、その時に聞いてみようかな……)

恋人がいて、充実の仕事があって、友人たちがいて、日々満足している生活の中で『結婚』はそこまでしなくちゃならないものなのかって……私には、まだわからないのです。

それでも心のどこかで『アルダールはどう思っているんだろう』と思っている自分もいて……。

(結局、よくわかんないままだなあ)

ふうっと思わずため息を一つ。

そんな私の部屋にノックの音がしたかと思うと、ひょこりとスカーレットとメイナが顔を覗《のぞ》かせました。

「ユリアさま、少々お時間よろしくて?」

「あらスカーレット、メイナも」

「こちらの備品なのですけれど、先ほど確認しましたら消耗が激しくて……追加をしたいのですが、許可をいただけますか?」

「わたしの方も、花器が古くて危なそうなものを見つけたので下げて新しいものを発注したいと思って……あっ、セバスチャンさんにも確認してもらいました！　まだ壊れてはいないんですが、小さなヒビがあるんです。危ないかなって……」

「まあ、そうでしたか。ありがとう、では書類を預かりますね」

午前中だけとはいえ、こうして仕事をするのは本当にやりがいがあります。

特にこの子たちの成長っぷりが、とても嬉しいのです！

そのうち私の指導なんて必要なくなっちゃうのかなあと思うと寂しくもありますが、頼もしい同僚がいるというのはやはり嬉しいものなのです。

「そういえばユリアさま、今夜からしばらくは夜になるととても冷えるそうですわ！　ですから外《がい》套《とう》は少し厚めのものをお勧めいたします」

「あら、そうなのですか？」

「そうなんですよ！　スカーレットったらわざわざ気象博士のところにまで聞きに……」

「ちょ、ちょっとメイナは黙ってらっしゃい！　そもそも貴女だってバウム領までの道のりにあるカップル向けスポットをメモしてお渡しするんじゃなかったのかしら⁉」

「スカーレット！　まだ完成してないんだから、それ秘密だってば‼」

書類にサインをして返したところで二人がそんなことを言い出すものだから、思わず目を丸くしてしまいましたよ！

私のことを思っての行動なのでしょうが、全くこの子たちときたら！

（本当に、可愛いんだから～～～‼）

成長したなあなんて感動したばかりなんですけど、可愛いもんは可愛いんです。

まあでもこれは上司として一応注意しておくべきでしょう。

「こら、二人とも。今は勤務時間中ですよ。王女宮の侍女としてもう少しお淑《しと》やかに振る舞うように。貴女たちの振る舞いがそのまま王女宮の評価に繋がると自覚してもらわないと困ります」

私の言葉に二人はパッと顔を見合わせると、同時に頬を赤らめました。

ああー、そういうところ！

そういうところが可愛いんだってば‼

「……申し訳ございません。では、書類を出して参ります。……外套の件、お忘れなきよう！」

「あっ、スカーレット待ってよ！　ユリアさま、後でメモを清書したらお渡ししますね‼」

パタパタと出て行く二人と入れ違いにセバスチャンさんが現れて、彼女たちの姿に小さく笑っているではありませんか。

セバスチャンさんも二人を可愛がっていますからね、微笑ましいのでしょう。

「相変わらずあの子たちは元気ですなあ」

「もう少し落ち着いてもらいたいものなんですけどねえ……」

「それでも、十二分に侍女としての務めは果たしておりますからな」

「ええ、それは勿論」

セバスチャンさんとしても指導しているあの二人の成長を好ましく思っているはずです。あの子たちのことを話す時はとても優しい表情をしていますからね！

かつて〝影〟であったということもあり、その表情だってもしかしたら作り物かもしれない……という可能性は否《いな》めませんが、私はセバスチャンさんを信じているので無問題なのです。

「ところで、セバスチャンさんも私に何か用事が？」

「ええ、まあ。二点ほど」

「……なんでしょうか」

私の言葉にセバスチャンさんはにっこりと笑いました。

そして胸元から取り出した、封筒が一つ。

「まずはこちらを。先ほど公爵夫人より届きましてな、王女殿下の誕生パーティーを前に一度ご相談があるとのことで……お返事はこの休日の小旅行から戻ってからでよいとのことでした」

「まあ。ありがとうございます」

ビアンカさまからのお手紙！

そうかあ、もう春ですものね。

今年もプリメラさまの生誕祭は盛大に行われるのでしょうが、中でもビアンカさまは毎年盛大に祝ってくださいますからね……今年も趣向を凝らすのでしょう。

もしかして今度も秘密のお出かけ計画を練っておられるのかもしれません。

勿論、私も協力を惜しみませんよ‼

「それと、もう一つ」

セバスチャンさんは穏やかな笑みを絶やすことなく、私をじっと見つめています。

けれどそれはなんだか先ほどまでと何か違う様子です。不思議に思って小首を傾げたところで、セバスチャンさんは口を開きました。

「先ほど、使いの者が参りまして」

「あら、どちらから？」

今日は面会の予定はなかったはずですし、出入りの業者に関してはセバスチャンさんにお任せとなっているので何事かあったのでしょうか。

思わず身構えた私に、セバスチャンさんは変わらぬ様子で言葉を続けます。

「大将軍閣下が王女宮筆頭さまにお話があるそうで、お時間をいただきたいと」

「……え？　バウム伯爵さまが？」

「できれば、今日の夕方までにお会いしたいとのことでした。職務上抜けることができないため、軍部棟にある執務室にてお待ちしておられるそうですぞ」

「ええ……⁉」

これははっきり言って予想外のお呼び出しではありませんか！

バウム伯爵さま、つまりアルダールのお父さまがなんだって私を呼び出すのでしょうか。

（しかも出かける当日に⁉）

驚く私に、セバスチャンさんは小さくため息を吐きました。

どうやらこの呼び出しについて、セバスチャンさんも思うところがあるのかもしれません。

「もしなんでしたら、断りを入れておきましょうか？　なに、文句など言わせませんぞ」

「え、いいえ、何をなさるおつもりですか。大丈夫ですよ」

なにも交際を反対されているわけじゃありませんし、旅行について文句を言ってくるとかそんな狭量《きょうりょう》な伯爵さまでもないでしょう。……だよね？

私はセバスチャンさんに安心してもらえるよう笑顔を浮かべてみせました。

「……これより伺いますと、人をやっていただけますか」

正直！

めっちゃビビってますけどね‼

幕間　甘い夢から目が覚めた

「……どうなってんのよ……！」

あたしは、自分の部屋で呆然とするしかできずにいた。

おかしいなって思っていたんだ。ずっと、ずっと。

そう、ずっと。これまでずっと。

あたしがシナリオと違うことをしたからズレが生じているんだって思っていたけど、どんどんあたしが知っている【ゲーム】の内容からかけ離れていっているこの現実に、爪を噛む。

でも努力の結果、少しずつ、少しずつ、状況は上向きになってきた……ように思う。

あたしを評価してくれない治癒師協会に対して思うところはあったけど、大人しく健気なふりをして、これまでと同じように周囲から信頼してもらった。

今はそれしかないから。せっかく貴族になっても、何も変わらない。

でも不満はなんとか飲み込んで毎日毎日、面倒くさい仕事をこなし続けている。

そうしたら〝無礼な振る舞いをする小娘〟っていう扱いから〝無知なだけで努力家〟……っていう元々の設定通りに戻るような気がするからだ。

お父さんは騎士になってシゴかれているみたいだけど、自分は〝英雄〟として期待されているんだって毎日のように目をキラキラさせて楽しく過ごしているようだ。

(あたしがこんなに苦労しているっていうのに！)

そんな中、タルボットさんが仕事で遠くの町に行くらしい。

数日離れた時は、あたしとしては監視の目が離れたようでホッとした。

でも〝英雄の娘〟であり有望な治癒師でもあるあたしの周りには、いつだって多くの人がいる。

人気者は辛いなあとか、それも美少女の運命か……なんて最初のうちはちょっと浮かれていたけれど、段々それが鬱陶《うっとう》しくてたまらなくなった。

まだタルボットさんが一緒の時の方が周りも遠慮してたんだなと思うと、口うるさいおじさんだと思っていたことを反省した。

だけど、そのタルボットさんが戻ってきた時、あたしはギョッとした。

(なんで攻略対象のリードと一緒にいるの？　商売敵《がたき》の息子じゃないの？)

出会うのはもっと先の話なのに！

ここでもシナリオが働いていないなんて‼

しかも綺麗な女の人を連れている。

(こんな人、登場人物にいたっけ……？)

今はまだシナリオ開始前だけど、あまりにも違いすぎる。

どういうことなのかさっぱりわからなくてあたしは混乱した。

(ゲームのオープニングからスタートまでの数か月は、確かにプレイヤーにとって空白の時間。

『あれから数か月』とかそんなテロップの中に、何が起きていたかなんてわからない）

けど、これがそんな簡単な話じゃないことくらいはわかる。

ゲーム開始前から攻略対象の一人がミュリエッタと知り合いだなんて話は設定集にも書いていなかったし、シナリオの中にもなかったはずだ。

（いったい、なんなのよ……！）

しかも、その連れていた綺麗な女性はマリンナル王国の姫であるフィライラ・ディルネの幼馴《おさな》染《じみ》で文官のユナ・ユディタと教えられた。

これからクーラウム王国に嫁ぐオヒメサマのために、彼女が作った商会を引き継いでクーラウムとの交易に一役買うことになっている……らしい。

そのことについてリードが語ったことに彼女も驚いていたけれど、そんなのどうでもいいくらい、あたしの方がびっくりした。意味がわからない。

商会？　引き継ぎ？　交易？

なんなの、なんなの、なんなの？

どうしてシナリオが始まってもいないのに、続編キャラの関係者がここにいるのよ⁉

（だって、そんなの……フィライラとクーラウム王国に関係があったなんて続編のシナリオにはなかったはずよ）

それを言ったら、そもそもゲームのフィライラは婚約なんてしていなかったんだけど。

あたしがシナリオ通りに動かなかったからにしては、あまりにも違いすぎる。

（どうして？　なんでこんなにも違うの？）

あたしの疑問に答えてくれる人なんているはずもないし、その場で取り乱すことなんてできないのはあたし自身がよくわかっていた。

これ以上自分の立場を悪くするわけにはいかない。

急いで家に戻って、ノートに向かってあれこれ覚えている限りのことを書き出してみる。

あたしの思い違いがあるはずだ、忘れていた部分がある、きっとそう、そうだ。

一個ずつ埋めて、それをフォローする形で【ゲーム】に近づけていけば、まだやり直せるはずだ。

(だって、だって……【ゲーム】はまだ始まっていないもの)

あたしがヒロインの世界は、これからのはずなのだ。

それなのに、書き出しても書き出しても、オープニング以外、キャラクターたちの状況が違う現実は変わらなかった。

王太子は妹の王女と仲が良くてすでに内定している婚約者がいる、ディーンは婚約者の王女と相思相愛で幸せそう、クリストファは接触したのにあたしに興味を持っていない。

あたしに意地悪をする役のプリメラ姫も肉まんじゅうじゃないし、スカーレットだって真面目な侍女になっていた。

アルダールさまも、あたしに興味を持つどころか冷たい目を向けてくる。

周囲の人たちは男爵令嬢として、英雄の娘として、しっかりしろとうるさく言うばかり。

(違う！　違う！　あたしが望んでいたのはこんなんじゃない!!)

あたしが冒険者になったことが問題だった？

いいや、そんなはずはない。それだけなら、ここまでゲームと違う理由がないと思う。

辺境で冒険者になる子供は珍しくないし、それが王都の人たちに影響を及ぼす理由がない。

それにお父さんはちゃんと貴族になったし、騎士になった。その表記はシナリオ通りなんだから
ちゃんとあたしはオープニングを成功させたってことでしょ。

それなのに、どうして他のキャラクターたちはシナリオ通りじゃないの？

どこまで行っても、シナリオと重ならない現実が、まるであたしを責めているようだ。

（そもそも、アルダールさまについては隠しキャラルートを発生させるイベントが起きていないからこうなった……？　でも、それってエンディング制覇《せいは》して初めてできることであって、現実《リアル》でできるわけじゃないし……でも、もしそうだとしたら？）

それなら各隠しキャラはあたしに好意を抱くことはなく、普通に他の人間と恋をしていたって何もおかしくないわけで……だけど、それじゃあおかしいじゃない！

隠しキャラルートをやるためのエンディング制覇だなんて、現実じゃできるわけがない‼

いい加減、認めないといけないのかもしれない。

あたしがいるこの世界は、【ゲーム】とそっくりだけど、違う世界なんだってことに。

今まで、ミュリエッタとしてあたしが頑張ってきたことは全部無駄だったってことを、認めなくちゃいけないのかもしれない。

（いいえ、いいえ、それじゃああたしは、なんのために記憶を取り戻したのよ⁉）

あたしだけが取り残されている。

世界は、日々、動いていて……あたしが知らないストーリーが展開されている。

（どうして、なんで？）

あたしは幸せになるために記憶を取り戻したんじゃないの？

みんなを幸せにするために記憶を取り戻したんじゃないの？

そう信じてやってきたのに。努力を重ねて、幸せになれるって期待して。

それなのに全部が違うだなんて認めることはあたしを否定するみたいだ。

あたしはヒロインだから、絶対に……絶対にハッピーエンドしかないって信じていたからこそ、前を突き進むことができたのに。

（そうじゃないなんて、どうしたらいいの？）

好きな人に好きになってもらえず、周りからは期待だけされて、偉い人たちには叱られてばかり。

こんなの、あたしが望んでいた世界じゃない。全然幸せじゃない。

（怖い。なんで。あたしが、ヒロインじゃないの？）

ガリッと音がして、あたしは思わず顔をしかめた。

痛みの元は、無意識に噛んでいた指。

「……痛い」

噛みすぎた親指の爪はボロボロで、血が滲んでいた。

夢じゃない。

これは、悪い夢でもなければあたしが期待していた甘い夢でもない。

現実だ。

「どうすりゃいいのよお……」

もうわけがわからない。

ここは大好きなゲームの中じゃないの？

あたしが幸せになるために用意された世界じゃないの？

いっそ記憶を取り戻したりなんかしなければ、良かったの？

ハンスさんが言ったみたいに、身の丈に合った幸せを手に入れて笑ってられた？

わからない、わからない、わからない！


誰か、あたしを助けてよ！

どうしてみんな、あたしを置いてけぼりにして幸せになっちゃうの……？

「あたしが幸せにしてあげなくちゃいけないのに……‼」

そうじゃなきゃ、誰もあたしを幸せにしてくれない。

独りぼっちだったあの家にいた前世の頃のように、この世界だけが救いだった。

夢を見せてくれて、愛してくれた。だからあたしも愛を返すの。

それって正しいことでしょう？

「――……ミュリエッタ？　どうした？　いるのか？」

「お、父さ、ん……？」

「ミュ、ミュリエッタ！　どうしたんだ⁉　怪我してるじゃないか……‼」

仕事から帰ってきたお父さんがあたしの様子を見に来てくれた。

ああ、これだけでもあたしは愛されている。

あたしがお父さんを幸せにしたからだ。

じゃあ、誰があたしを幸せにしてくれるのかしら。

「ああ、大したことはなかったようだな。良かった良かった……」

「うん、ごめんなさい。ぼうっとしてて……」

あたしはミュリエッタ。

ゲームの中ではヒロイン。だけど、ここは現実の世界。

ヒロイン・ミュリエッタとして作り上げてしまったあたしはもう限界。

少しずつ本来の自分に寄せていっても、もう限界だ。

逃げ出したい。

だけど、逃げ出すなんてできない。

だってどこに逃げたらいいのかもわからないもの。

（大好きなあの人がいてくれたら、怖くないと思ったの）

思い通りにならないこの世界は、前世と同じ。

それを知ったら、怖くなった。

「ミュリエッタ、大丈夫か？」

「……うん。あたしは大丈夫だよ、お父さん」

あたしは今、笑えているかな？

ヒロインらしく、朗らかに！

幕間　親という難儀な生き物

「これで報告は以上となります」

「わかった、下がってよろしい」

「はい、閣下！」

キビキビと礼をとって下がる騎士の姿を、満足な気持ちで見る。

平穏な時期とはいえ、軍が規律を守っている姿は人々にとって何物にも代えがたい、救いの手になることを私は良く知っている。

厳しくすることが全てではないが、上に立つ者として下の者の規範となれるよう自分なりに努めてきた結果が今に結びついてくれていたならば喜ばしい。

幸いにも軍人として、騎士として、己の唯一誇れるところだ。

部下たちからは些《いささ》か過分な評価をもらっている気がしないでもないが、悪い気もしない。

（……そろそろ来るだろうか？）

伝言を頼んだ執事殿から返答を受け取ったのは、つい先ほどのこと。

かの筆頭侍女殿が、私の願いを無下《むげ》にすることなく訪れてくれるという。

仕事は一通り終わったから、話をする時間くらいは十分にある。

そろそろ、招いた客人を迎える準備をしなければ。

（……しかしどうしたものか）

相手は女人、その上もてなしに長《た》けた侍女の、さらには身分ある令嬢であることを考えれば適当に茶だけ出せば良いというものではない気もする。

ましてや、こちらの都合で呼び出すのだからそれ相応の誠意を見せるべきだろう。

とはいえ若い女性と接する機会もあまりない。

軍部棟には様々な年齢層の人間が勤めているとはいえ、基本的には荒事に長けた兵士や騎士、そしてそんな彼らを相手取る使用人たちで構成されている。

（陛下たちの身の回りを世話する側の使用人たちとは、求められていることが異なるので仕方がないとはいえ……）

さすがに少しばかり無頓着《むとんちゃく》であったろうかと僅かながらに反省する。

しかし煌《きら》びやかな仕事ではないことも事実。

（……うむ。今回は致し方なかろう）

茶葉だけは良いものを使ってくれるよう、軍部棟の侍女に言いつけるしかあるまい。

そんなことを考えているとノックもなしにドアが開く。

何事かと視線を向けると、見慣れた老人が顔を覗かせて盛大にため息を吐《つ》いた。

「なんですかのう、閣下。この仕事の鬼め」

「……何かありましたか」

付き合いもかれこれ二十年以上になる医師は、大将軍という地位に就いた私にも相変わらずの態度だ。だがそれは別にいやなものではない。

「急ぎの御用か」

「なんぞ今日は随分と騎士たちをしごいたようですな。医局の者たちが疲れ果てておりましたぞい。ほどほどでお願いできませんかのう」

「……少々軟弱な者が多く、活を入れたまで」

確かに昼間、訓練に力を入れたことは事実だ。

最近報告にあがるモンスターの問題を息子のアルダールに任せたところ、地元の兵士たちと協力して首尾良く片付けてくれた。

そのことについては親としても、大将軍としても誇らしい。

だが、周囲の騎士たちが『剣聖候補がいればモンスターを任せられる』という態度になったことはいただけない問題であった。

そういう態度をとる者を炙《あぶ》り出せという、王弟殿下の指示でもあったのだが……。

(アルダールの肩身が狭くならねば良いが)

少々意見の食い違いもあって言い争いをしてしまったところを宰相閣下に目撃された上、陛下と王弟殿下から助言をいただくなどありがたくも恥ずかしい出来事を思い出すと苦い気持ちになる。

だが実際各地のモンスター騒ぎは見逃せない問題であったし、それと共にアルダールの覚悟を確認するためには確かに良い方法であったと思う。

(しかし、妻を娶《めと》りたいと言うならばもう少し芯を持ってくれねば)

かつての自分が犯した過ちを、あの苦しみを、息子には知ってほしくないと思うのだ。

あれは強い男に育った。

剣技だけでなく、心も十二分に強いと言えるだろう。

それは親としての欲目ではなく、一人の騎士として認めるところだ。

しかしながら私の失態で心に傷を負わせてしまったこともまた事実。

「あまりご子息に負担をかけなさるな」

「……ご老体に言われると、いささか堪《こた》えますな」

呆れたように告げられるその声に、たっぷりと含まれた非難。苦笑が零《こぼ》れる。

まだ若造だった私を知る数少ないこの老人には、何も言い返せそうになかった。

「今更になって父親面《づら》をするのかと言われても仕方がないとは承知しているのですが、憎まれても良いからあれには幸せになってほしいのです」

「かの筆頭侍女殿を射止めたのですから、十分だと思いますがなあ」

「……彼女は、それこそ引く手数多《あまた》。アルダールでなくとも……と言う声は途絶えませんでしょう。それもこれも私が不甲斐ないばかりがゆえに、息子に不名誉な思いをさせ続けている」

「まったく、難儀な男じゃのう」

かつての私は愚かだった。それを反省して尚《なお》、愚かな行いを重ねていくのだから本当に剣を振る以外、能がないと自覚している。

それでも、だ。

それでも私は家族を愛しているし、私なりに家族の幸せを願っている。

「……彼女には感謝しているのです」

「そうかいそうかい。まあ、そうだろうねえ」

穏やかに微笑みながら髭《ひげ》を弄《いじ》るその姿は、微笑ましいものを見るようで少し居心地が悪い。

若かりし頃、剣を振るうしか能がない私に亡き父が『領主となるための学びも疎《おろそ》かにしてはならない』と諫《いさ》めてくれたものだった。

だが当時、周囲から騎士として有能だと認めてもらえたばかりの自分はその称賛に酔い、もうしばらくは当時王太子であった陛下の近くで研鑽《けんさん》を積みたいと、そればかりを願っていた。

むしろ、剣の道を究めたいと思うほどに。

心のどこかで、父は、親は、ずっと元気でいてくれるものだと思っていた。

（そんなことはあるはずがないというのにな）

結果、唐突に訪れた両親の死、そして領地を襲う疫病、それらに未熟な自分が立ち向かわなければいけない状況に陥りとかく必死だったのだ。

目の前の老人はその頃の自分をよく知っているだけに、私の虚勢などお見通しだろう。

いつまでも頼れると思っていた両親、頼れる家臣、兄弟も同然であった親友を失った時の喪失感。

だがそれらを悲しむことも許されないまま、疫病と闘わなければならなかった。

気がつけば、私の周りには誰もが同じように大切な人を失い、そして悲しむ暇もなく歩き出さねばならなかった者ばかりになっていた。

だが、そうできる人間ばかりではない。

ライラのように、心を壊してしまった者も数多くいた。

私は親友の妻である彼女まで失いたくなくて、かつて私に向けられていた恋情を利用するようにこの世に繋ぎ止めてしまった。その罪はどこまでも重い。

ただ私の罪悪感が、作り上げた罪だ。

そこに宿った命に対しても、私はどこまでも愚かだった。それを償《つぐな》っていかねばならない。

「……ご子息との間に未だ蟠《わだかま》りはあれど、もう良いのではありませんかな」

「許されたいと思ったことは、一度もありません。咎《とが》められて当然なのですから」

「まったく、ほんに難儀な男じゃのう」

呆れた様子を隠しもしない老人に苦笑を返す。

だが、それは本音だ。

アルダールに許されたいと思う時期はとうの昔に過ぎ去った。

許されないことをしてきたという自覚もあるし、親として何かできることがあるとするならばこれ以上情けない姿を見せないことと、あれが一人前として生きていくために応援することくらいか。

（しかし、恋人を連れて旅行するとは……ファンディッド嬢が許してくれているとはいえ、アルダールも彼女に甘えすぎなのではないか？）

本人たちの関係がお互いの信頼の上に成り立っているようなので、あえて口に出すこともないが。

二人の関係も安定しているようだし、妻もディーンも彼女のことを好いているようだ。

どちらかと言えば『ユリア・フォン・ファンディッド』という女性に対して、アルダールの方が釣り合いを取れていないのでは？　と常々心配になるほどだ。

（なにせ彼女のことは王弟殿下が気に入っている。一時期はファンディッド嬢を王弟殿下の妃に迎えるべきではないかと声があがったほどの女性だ）

王弟殿下がまだ独り身でいいと陛下に直接訴え、それを陛下が認めたからこそ消えた話ではあるが……その程度には世間に認められている女性である、ということだ。

とはいえ、本人たちの気持ちが一番だから反対する気などあるわけもなく。

当人たちが幸せならば、私もそれでいいと思っている。

しかしながら、周囲はまた違うだろう。

そう思ったからこそアルダールの気持ちを聞いた上で苦言を呈《てい》したのだが……案の定というかなんというか、息子と初めてと言ってもいいのではないかという大喧嘩《げんか》に発展してしまった。

(我ながら年甲斐もなく……いや、あれは親としてもみっともなかっただろうか?)

最終的にはそれを目撃した宰相と近衛騎士隊長が間に入ってくれたからよかったものの、もしも殴り合いの喧嘩にまでなっていたらと……思うと穴があったら入りたいほど恥ずかしい。

その話が耳に入ったらしい陛下と王弟殿下には呆れられた上に笑われてしまった。

あの方々から『二人とも良い年齢の大人なのだから、親が口を出さずともある程度の責任は自分でとれる』と、まるで私が過保護かのように言われて少しばかり納得できずにいるが。

(陛下の方が過保護であろうに)

かの姫君への対応のあれこれに振り回された身としては、承服しかねる。

しかしアルダールも相当の覚悟があったようで、私が出した条件を全て呑み、こなしてみせた。

(陛下と王弟殿下に良いように使われたことが若干……癪《しゃく》ではあるが)

息子の目には、きっとファンディッド嬢との未来があるのだろう。

まだまだ手のかかる息子などと言うつもりは毛頭ないが、それでも我が子の成長が誇らしい。

「お前さんは要《い》らん気を回しては失敗するからのう、気をつけるんじゃぞい」

「……心得ておきます」

言われて少しばかり怯《ひる》むのは、己の未熟さゆえだろう。

だが、彼女へ直接礼を言いたい気持ちがあるのだ。何もできなかった親としての情けない自分なりに、感謝の言葉だけでも伝えたくてこうしてファンディッド嬢を執務室に招いた。

本来ならば足を向けるべきは自分なのだが、どうしても職務上抜けられないことも多く、また私が彼女のところに行けば周囲の目にどう映るか悩んだ末の話だ。

（……息子の恋人、か）

あいつには私よりもずっと良い人生を送ってもらいたい。

どうにも頑固なところは私に似てしまったようだが、それでも柔軟さはあるしきっと上手くやれるのだろうとは思うが……それでも。

そしてアルダールがああやって笑えるようになったことも、言葉を交わしてくれるようになったことも、家族全員が笑えるようになったことも。

私ではできなかったことを、妻が、そして彼女がしてくれた。

（感謝してもし足りんな）

ドアをノックする音と共に、警護に就いていた兵が顔を覗かせる。

その向こうに、侍女服がちらりと見えた。

「閣下。王女宮筆頭さまがお見えですが、いかがなさいますか」

「こちらへ。……先生はどうなさいますか」

「この老骨めも彼女とはご縁がありましてな、是非ご挨拶を……」

「……はあ、仕方あるまい」

ため息を吐いてみせたところで引いてくれる老人でないことは知っている。

どうせ私に対して言動に気をつけろと念押ししたいのだろう。

確かに私はうっかりしているとつい最近、妻にも再三叱られたばかりだ。

(感謝を告げるだけ。そう、感謝を告げるだけだ)

グッと拳《こぶし》を握りしめる。

入室してきたファンディッド嬢を前に、みっともない姿を晒《さら》さないよう気合いを入れるのだった。

第二章　それは先に知りたくなかった

王宮から王城側へ。庭園を抜けて、軍部棟へと続く廊下。

当然、こちらに用がある人間は軍部の関係者か、書類を運ぶ文官たちです。

王宮側の侍女である私がそこを歩いていることに、不思議そうな顔をして見てくる人もいます。

私がこれから向かうのは大将軍専用の執務室。

軍部棟と呼ばれるこの建物ですが、正確には『軍務省内部』の部署の一つという形ですね。

前線を想定して、大将軍の執務室はこちらにあるのです。

大雑把に言うと〝軍務省〟の中で、軍の会計や人事、計画を練る文官系の部署と、現場を担当する騎士や兵士で構成される部署があるわけです。

詳しく言うとその中で更に部局という形で細分化されているんですが……まあそのあたりについ

ては私も名称くらいしか知りません。

ちなみに王弟殿下は軍務省の長官でもあるので、王城内と軍部棟と二つに執務室をお持ちです。

そして副長官という形で軍部棟には常時、大将軍であるバウム伯爵さまがいらっしゃる、と。

しかしながら現場担当の人々が集《つど》う軍部棟だけあって、物々しい雰囲気がありますね。

（……改めて呼び出されるとか、本当になんの話なのかしら……）

厳格な方で多くの武人から尊敬される優れた騎士だという話は知ってますが、今の私はバウム伯爵さまが家族に対しては愛情深い、大変不器用な方であることも理解しているつもりです。

ただ、不器用すぎて取る対応が全てにおいてずれているってのが問題でしょうか。

そんなバウム伯爵さまが何故、役職ではなく個人の名で呼び出しをしてきたか、です。

（その理由なんて……一つしかないよね！）

ええ、本当はわかっておりますとも。

おそらく今回のアルダールとの小旅行についてですよね‼

（いやうん、今更だけどお付き合いしているのに、バウム伯爵さまにはご挨拶らしいご挨拶もできていないし。でも反対はされていないって話だけど……）

とはいえ婚約者でもないのに二人きりの小旅行だもんね！　親としては心配なのでしょう。

特にバウム伯爵さまはアルダールのことを大切に想っていらっしゃるわけで。

その方向性が間違っていたせいで拗れに拗れて今に至るわけですが、そのお気持ちはずーっと変わらず息子を大切に想う父親。大切な長男なはず。

それをぽっと出の侍女にかっ攫《さら》われたと思われていたとしたら……胃が痛い。

（どうしよう、実は旅行に反対だとか言われちゃったら！）

私もごくごく自然に受け入れちゃってましたし、周囲も『いってらっしゃい！』くらいのフランクな雰囲気だったしで失念しておりましたが、一般的じゃないですよね……？

この国は恋愛に割と寛容だから婚約したカップルが婚前旅行するなんてのも当たり前だし、婚約内定だったらそれもあり！　くらいの感覚ではありますが……バウム伯爵さまは古くから続く名家の当主として、それを受け入れられない考えの可能性だってなきにしもあらず。

周囲からは『きっと将来的に結婚するんだろうし』みたいな目を向けられていることは私も知っていますが、実際のところは……ねえ？

バウム伯爵さまからしたら、可愛い息子が婚約もしていない女と一緒に、妻が待つ自分の家に寄るっていうのは、こう……なかなかに複雑な思いがあるんじゃないでしょうか。

でも言わせてもらうとアリッサさまが歓迎してくれているわけですし、アルダールはアルダールで私に思い出の地を見せてくれるという歩み寄りをしてくれているわけで。

自分の妻と息子が旅行を楽しみにしているのなら、話をするのは誰が適しているのか？

……その消去法でいくと、私ってことになるわけで……。

（あああああ、どうしよう!!　気まずさMAXじゃない!?）

表面上はなんとか取り繕《つくろ》って落ち着いて見せていますが、内心では今すぐ逃げ出したい。

スカートの裾を持ち上げて脱兎《だっと》の如《ごと》くここから逃げ出したい。

まあ、無理なんですけど。そんなことした翌日には王城内で噂の的です。

（とはいえ……）

そう、とはいえですよ。

バウム伯爵さまだって私たちの交際については反対していないわけです。

ここ重要！　大事なところですよ‼

少なくともアリッサさまはアルダールと私の関係を喜んでくださってましたし、愛妻家のバウム伯爵さまでしたらその考えを尊重して、快く思わなくても表立って反対はなさらないはず。

実際、伯爵さまから否定のお声が出たという話は耳にしておりません。

（……まさかと思うけど、今回の小旅行に仮病を使えとかそんなこと言わないよね……？）

表立って反対できないから、裏工作……なんてお考えだったらどうしましょう。

いやいや、伯爵さまはそのようなお人ではないと私は信じておりますよ！

そんな風に私が考えを巡らせている間に、執務室に辿《たど》り着いてしまいました……。

私が部屋の前で足を止めたので、扉前で警護についている騎士が声をかけてきます。

「失礼、侍女殿。こちらは大将軍閣下の執務室ですが、何かご用ですか」

「王女宮筆頭のユリア・フォン・ファンディッド、バウム伯爵さまよりご連絡いただきまいりましたことお伝えいただけますでしょうか」

「これは失礼を……話は伺っております。ですがただいま、閣下は来客中でして……すぐに確認をとって参りますので、こちらで少々お待ちください」

「はい」

おや、セバスチャンさんを通じて行くという話はしてあったんだけどな……急な来客に対応しているということは、相手は身分の高い人なのかもしれません。

であれば、別に私は帰っても……そう思いましたが、警護の方々を困らせてはいけませんね！

騎士の方が確認のために中に入ったかと思うと、すぐに出てきてドアを大きく開けてくれました。

「お待たせいたしました。どうぞ、中へお入りください」

「ありがとうございます」

あれ、お客さまは……？　と思いましたが、許可が下りたのにいつまでも廊下にいるわけにもいきません。私は意を決して中に入りました。

執務室の中は、一言で表すなら質素でした。

壁には武具が掛けられて、無骨な印象を受けます。花もありません。

そして奥にある大きな執務用の机の前にバウム伯爵さまらしき人影と、そして私に背を向けた状態のお客さまの姿。

まずは淑女の礼をとってご挨拶。これは欠かせません！

優れた挨拶は好感を抱いてもらいやすいとマナー講師も言っていましたからね‼

「失礼いたします、バウム伯爵さま。ユリア・フォン・ファンディッド、お呼びと伺いまいりました。ですが……来客中とのことであれば、私めはまた後ほどでも」

「いや、こちらの御仁《ごじん》はすぐに退出なさるので気にしないでもらいたい。むしろわざわざ足を運んでもらって申し訳ないと思っている。……その客人だが、貴女に挨拶をしたいと言ってな」

「え？」

私に挨拶？

思わず顔を上げると私に背を向けていた人物が振り返り、にこりと微笑みました。

「まあ、先生！　お久しぶりでございます」

「ほほ、お嬢さんも元気そうでなによりじゃ」

そうです、そこにおられたのは秋の園遊会の折、私の火傷《やけど》した頬の治療に携わってくださった老医師だったのです！

その節は大変お世話になりました‼

「はい、傷もすっかり癒《い》え、元気に働いております。あの時は本当にありがとうございました」

「ほっほっ、こちらも仕事ですからのう、お気になさらず。元気なお姿を拝見できてこの老骨、嬉しゅうございますぞ」

「……先生、もうよろしいでしょう。彼女は私と話があるので、退出願いたい」

「やれやれ、大将軍ともあろう方が忙しない。そのようなことでは先が思いやられますな。……さてお嬢さん、わしはこの軍部棟で医師を務めておりますからな、何かありましたらいつでも相談に乗りましょう」

「ありがとうございます……？」

えっ、軍部所属のお医者さまにご相談するようなことってあるのかしら……。

通常の医務局じゃだめな内容とかないし、普段はそちらで診ていただいているのだけれど。

（まあ、社交辞令よね）

「大将軍閣下はもう少々頭が柔らかくなりませんと。そういった妙薬はございませんでなあ」

「先生……」

ちらりと視線を向けつつ微笑む老医師に、バウム伯爵さまも口をへの字に曲げて少し困った様子を見せています。お二人は付き合いの長い関係なのかもしれません。

まあ、騎士と医者ならそれこそ切っても切れない関係ですものね！

「ほっほっ、これ以上この老人がいると閣下のご機嫌を損ねてしまいそうですじゃ。それでは失礼するといたしましょう。お嬢さん、またの」

「はい、また……」

思いがけないところで懐かしい顔に会えて、ほっこりいたしました！

老医師が気さくな様子で手を振って退出する姿に、思わず私も手を振ってしまいましたよ。

なんでしょう、お針子のおばあちゃんと同じものを感じます‼

「さて」

「はい！」

そんな思いも束の間、ついつい扉の方に視線を向けていた私の耳に低い声が聞こえて、思わず肩を跳ねさせてしまいました。

そうでした、ほっこりしている場合ではありません。

これからが本題なのです！　気合いを入れ直さねば‼

「……改めて謝罪を。こちらから足を運ばねばならぬところを、申し訳なかった」

「い、いえ！　大将軍というお役目は大事なものですから、当然のことです」

「感謝する。……そちらのソファに座るといい。今、茶を運ばせよう」

ふっと目を和《やわ》らげて笑うところは……なんとなくアルダールと似ているような気がします。

バウム伯爵さまはアルダールに比べるともうちょっとゴツいっていうか筋肉質っていうか……

ザ・武人ってのを体現している御方ですからね。雰囲気からして厳格な感じ。

私は少しだけ躊躇ってから、ソファに腰を下ろしました。

身分が下である私の方が先に着席するのは失礼なのですが、今回は客として遇していただけるようなので断る方が逆に失礼だと判断したからです。

ただ、私ね！　侍女服のままなんですけどね!!

(でもあんなに見られてたら従わないわけにも……)

私が座ったのを確認して満足そうに頷いた後に、バウム伯爵さまも私の向かい側に腰を下ろしました。うわ、なんか面接される気分。

来客用のお茶を運んできた軍部棟の侍女さん、驚かないかしら。大丈夫かしら。

(侍女がソファに座って大将軍と対面でお茶をするなんて普通じゃないわよね……)

いやいや、あちらもプロなのだから、大丈夫。

内心はともかくとしてきっと表面上はなんでもないように振る舞うことでしょう。

ついでにそのことは胸に秘めて語らずにいてくださると信じておりますよ！

「今日ここに来てもらったのは他でもない」

「はい」

軍部棟の侍女さんがささっとお茶を置いて去って行くのを見計らって、バウム伯爵さまが口を開きました。緊張する。

「ユリア・フォン・ファンディッド子爵令嬢。貴女に直接、謝罪をしたいと思っていた」

バウム伯爵さまは、真っ直ぐな目で私を見つめながらそう仰いました。

私はその言葉に、目を瞬かせるしかできません。

そりゃそうでしょうよ。親しくもない、恋人の父親っていうだけの人物から呼び出されていきなり『謝罪がしたい』とか言われたら驚くしかないでしょう！

（まあ、そりゃ……お叱りとかそういうのじゃなくて良かったって言えばそうだけど）

だけれど、謝罪される謂《いわ》れがない……こともなかった！

それってやっぱりクレドリタス夫人の件ですかね……‼

今のところ、それしか心当たりがないんですけども。他にもあったでしょうか⁉

やばい、ほかにはまったくもって思い当たることがありません。

「……謝罪でございますか」

「そうだ。……まあ、想像はできるだろうが、ライラ・クレドリタスの件について謝罪させてほしい。あれを自由にさせたがゆえに息子を傷つけてしまい、そしてその後も改善することなく……貴女にまで暴言を吐いたと妻から聞いた」

「……」

予想が合っていたことにホッとしつつ、私は複雑な気持ちになりました。

正確にはバウム家を大事にしすぎて、アルダールが大事にしている私を貶《おとし》めようとした結果プリメラさまを軽視するような発言に繋がったんですけどね……。

私への暴言だけならきっと今も黙っていたことだと思います。

アリッサさまがあの時のことをバウム伯爵さまにどのように、そしてどこまで説明なさったかは知りませんし、知りたいとも思いません。

ただあの時のことは、アリッサさまが責任を持って対処するとお約束してくださった。

私としてはそれで十分だと、筆頭侍女として判断したまでです。

だから正直なところ、今更バウム伯爵さまに謝罪されても……とは思うんですよ。ええ。

本当に今更ですし。

忘れていたわけじゃないですが、ただただ今更って感じなのです。

（とはいえ、なあ）

ここでバウム伯爵さまの謝罪を『必要ないです』とか言うのも失礼ですし、そうなるとお立場やメンツってもんがですね……。

かといって謝罪を『受け取ります』っていうのも恋人の父親だしなあというこの葛藤！

「……私のことをお気にかけてくださったこと、嬉しゅうございます」

「うむ……それで、彼女に関してだが」

「しかし、その件につきましてはアリッサさまがクレドリタス夫人を叱責し、責任を持って対処するとお約束くださいました。そして、すでに責任を果たされたことも伺っております」

伯爵さまが言葉を続ける前にかぶせる！

これはこれで失礼なことではありますが、こんな力業でも必要な時はごり押しごり押し。

人にはやらねばならぬ時がある……弱小貴族令嬢の私にとって、今がまさにそうです‼

「アリッサさまがきちんと約束を果たしてくださった。私はそれで十分ですし、このことはもう済んだこと。それ以上を求めることはございません」

「……そうか」

「お気遣いありがとうございました」

私はバウム伯爵さまを真っ直ぐに見つめ返してにこりと笑ってみせました。

正直、目力のある上位者相手に内心バックバクなんですけどね！

それを表に出さず、深めにお辞儀をしてみせるまでやりきりましたよ‼

ちなみに座りながらこのお辞儀はちょっと体勢的に苦しいですが、ぐっと我慢だ私。

（どうだ、これで余計な謝罪をもう口にできないでしょ！）

アリッサさまがバウム家を与《あずか》る女主人として対処を約束し、私はそれを受けて約束を守ってくれるならばそれでいいと言ったのです。そしてクレドリタス夫人は遠ざけられました。

女主人というのは時として当主の代理を務めるもの。

私と交わした約束を守ってくれたなら、これ以上の謝罪は必要ないのです。

追加で謝罪されると、なんというか……こちらも何かしなきゃいけないみたいじゃないですか。

私からして見ると確かに不快な出来事ではありましたが、だからといって根に持つようなことでもないですし……今更掘り返してもしょうがない話でもありますからね！

バウム伯爵さまからすると格下の小娘相手に謝罪すると心に決めていた分、肩すかしを食らったようなお気持ちになるかもしれませんけども……。

まあ、そのくらいは飲み込んでいただけることでしょう。

お辞儀をしっぱなしなのでバウム伯爵さまの表情は見えませんが、お怒りのご様子はありません。

少しの沈黙はありましたが、すぐに大きなため息が聞こえました。

「……噂に違《たが》わず聡明で気遣いのできる女性だな、君は」

「恐れ入ります」

「私の体面についてだけではなく、妻の名誉も守ってくれたことに感謝しよう」

「……勿体《もったい》ないお言葉にございます」

アリッサさまが責任を持って対処した後に私が謝罪を追加で求めたならともかく、そうでないならやっぱりね、アリッサさまにも失礼ですもんね！

「では、もう一つ。……バウム家当主としてではなく、個人として感謝を述べたい」

「えっ？」

「……息子の心を絶望から掬《すく》い上げてくれたこと、感謝する。そして、それを機に私も彼女をようやく決別のため歩ませることができた。貴女はライラと、私と、双方の救いになってくれた」

「……え？」

何を仰っておられるか一ミリも理解できないんですけれど、どうしたらいいんでしょうか⁉

なんか勝手にいろいろと感謝されているんですが……その事実に私はどうして良いかわからず、言葉が上手く出てきません。

それをどう受け止められたのかわかりませんが、バウム伯爵さまはどこか安心したような表情を浮かべておいででした。

（ええ……？　どうしたらいいの、これ……）

「……ライラの出自については、妻が話したと聞く。あれは不憫《ふびん》な女だった。……私のような男に想いを寄せてくれたことに感謝しつつも、知らぬ振りをするのが彼女のためになると思った。今となってはとんだ思い上がりであったと後悔している」

「……」

「だが、彼女は私の友人と幸せになってくれた。それで良かったと思ったのだ。心の底から」

（……クレドリタス家は古くからバウム家に仕える家系でしたっけ）

その言葉から察するに、流行《はや》り病《やまい》で亡くなったというクレドリタス家の当主はバウム伯爵さまにとって信頼出来る部下であり、友人でもあったのでしょう。

……いやまあ、うん、それはいいんですけども。

「だから、友人の妻である彼女が全てを失って壊れていくことが恐ろしかった。だがそれは言い訳にしか過ぎないのだろうな」

バウム伯爵さまが何故か私に心情をお聞かせくださいましたが、それを受け止めるにはこちらの覚悟ってもんが何一つ、なんならこれっぽっちも準備できてなかったんですけど⁉

それも思いやってくださいませんかね⁉

（ええと、整理すると……大切な人を失って壊れかけた女性を、その人の代わりに抱き留めることで生かした……ってことでいいんですよね）

美談のようで、そうではないことをバウム伯爵さまも良く理解なさっておいでなのでしょう。

ただ、私はその先を……事実として聞いたこととして、ライラさんを妻に迎えようとして断られたとかそういうことも知ってしまっているので、なんとも言えませんでした。

文句も、同情も、何も。

そもそも言える立場ではないんですけれども。

「もし、バウム伯爵さまが、私に発言をお許しくださるならば……」

「なんだろうか」

私は自分の立場をよく理解しているつもりです。

あくまで私は第三者、口を出せる立場にはありません。ですが、願うことは許されるはず。

「それらのお言葉は、私ではなくご子息に告げるべきことと思います」

「……息子には、ある程度のことは、話した。その上で、あれは受け止め、理解し……そして、話してもらえたことに感謝をしてきた」

感謝を、したと。はっきりそう伯爵さまは仰ったのです。

アルダールが過去の話に対して、感謝の言葉を口にした……そのことに、私はなんとも不思議な気持ちになりました。

なんというか、誇らしいという言葉が近いような、それとも違うような、そんな気持ちです。

吹っ切れた、そうアルダールも言っていましたが、バウム伯爵さまから改めてその話を伺って本当に……どこまでも彼は、真っ直ぐに受け止めたのだなあと改めて思いました。

そう思うと、なんか、なんていうか……こう、なんかこうね⁉

グワッと胸に迫る何かがあるんですよ！　わかんないけど‼

「ああやって、息子と面と向き合うことができたのも……貴女がいてくれたからであろうな」

「そ、そう……で、しょうか」

「うむ。これからしばらくは二人ともいろいろと大変であろうが、貴女がいてくれるならばアルダールもきっと乗り越えられるだろう」

「え？」

なんだ、いろいろと大変だろうって。私たち二人に何があるって？

今、ものすごく不穏《ふおん》なこと言われてませんかね？

バウム伯爵さまは満足そうに頷いていますが、私の頭には疑問符がいっぱいです。

「あの、それってどういう……」

「あいつもウィナー嬢との面会を終えて、今後についての覚悟が決まったことだしな」

問おうとしたその瞬間、バウム伯爵さまからよくわからない言葉が聞こえました。

誰と、誰が面会？

ウィナー嬢、って、それは……ミュリエッタさん、ですよね。

じゃあ、誰が？

話の流れからして、アルダールが。

「……え？」


お仕事に戻らなければいけないというバウム伯爵さまに見送られて、軍部棟を後にした私ですが
……少しだけ頭の中を整理したくて、外宮の方にある庭園の一つに向かいました。

そこはとても落ち着ける場所で、考えごとをするのにはぴったりなのです。

外から来たお客さまにはあまり知られていないため、人が少なくて目立ちません。

人が行き来する気配や声は聞こえますが、人の目につくこともない隠れた場所。

王城の使用人たちにとって、考えごとをしたり気分を落ち着けたい時にはうってつけの場所なのです。あと、今の私みたいに一人になりたい時とかね！

まあ他にも秘密のデートの待ち合わせなんかにも使われるそうですけど。真実はいかに。

侍女生活が長いと、こうやって息抜きできる場所が用意されているってことを知ってみんなありがたく思うもんなんですよ。ええ。

まるっきり人の目がないってわけでもないですが、ここにいる時はお互い不干渉。そういう暗黙の了解があるとかないとか……教えてくれた先輩侍女がそんなことを言ってました。

今はタイミングが良かったのでしょう、誰もいない庭園は救いの場所に見えます。

「……はあ……」

ベンチに座り込んだ途端に、私の口からは自然と大きなため息が出てしまいました。

いけないと思いつつも、なんだかすごく疲れてしまったんだから仕方ない。

バウム伯爵さまがいろいろとたくさんお話ししてくださっていたんですが……正直、私の頭の中は真っ白でした。

内容は耳に入っていても、こう……するするっと抜け出ていくような感じでしたねえ。

本来はよろしくない態度だったのでしょうが、まあ、そこは長年の侍女生活のおかげで受け答えはきちんとできていたはず……です！

それから、ありがとう表情筋‼

侍女としての表情、保てていたのは日頃の行いの賜物です！

（……どうしたらいいのかな）

空を見上げれば雲一つない青空。段々と日暮れが近づいて、色が変わってきていて綺麗です。

今夜は星がよく見えそうだなあ……なんてぼんやり思いました。

（アルダールが、ミュリエッタさんと会った……のかあ）

面会という言葉をバウム伯爵さまが使っていたことから、二人きりかどうかまではわかりません。

ただ、公式に会ったということなのでしょう。

それがアルダールにとってどのような立場でのものかはわかりませんが、どうして彼女とわざわざ面会をしたのか。

何故バウム伯爵さまはそれを知っていたのか。

その後のお話で、彼女との〝面会〟についてはバウム伯爵さまが指示したことのようにも受け取れましたが、はっきりとはわかりませんでした。

何度か質問をしてみたものの、はぐらかされてしまったのです。

そのせいで、余計に私の胸の内がもやもやするわけですが……。

言うなら言うで最初から最後まで責任持ってほしいな⁉

中途半端なのが一番困るんですよ、ほんとにもう！

（……いいえ。いいえ、大丈夫）

アルダールはきちんと『全部話す』と私に約束してくれたのです。

あれこれ話すことができなかった〝何か〟を終えたから、全てを話すことができる……そう言って、アルダールは笑顔を見せてくれていたではありませんか。

ただ単に、私のこの胸のもやもやは……そう、きっとアルダールから話を聞くよりも前にバウム伯爵さまから余分な情報を聞かされてしまったから。ただ動揺してしまっただけのこと！

（そうよ、ええ、そうだわ。……大丈夫、少しここで気分を落ち着けてから部屋に戻ってアルダールの迎えを待てばいいのよ。それだけだわ）

今、部屋に戻ると、余計なことを考えてしまいそうですからね。

もうしばらく……ここで花を眺めていたら、このもやもやとした気持ちも落ち着くでしょう。

穏やかな風と、色とりどりの花。

少しだけ遠くに感じる人の声と気配。

普段の生活と近くて、けれど遠くでもあるようなそんな空間を演出するこの場所は、よくない気持ちを和《なご》ませてくれる気がしました。

（セバスチャンさんが心配していた理由も、王太后さまがバウム伯爵さまにはがつんと言った方がいいって仰った理由が分かった気がする……）

きっとバウム伯爵さまという人物は、少しだけ……他者の機微に疎い方なのでしょう。

だからアルダールにも『不器用』なんて表現をされるんだなあと思いました。

悪い人じゃないってのはわかってるんだけど、こうさあ！

（……先に聞いちゃったこの内容に、もしアルダールが触れなかったら？）

その時は私から聞けばいいんだろうし、彼はきっと話してくれると思うけど。

それでも心のどこかで、もし話してくれなかったら……って考えてしまうのです。

なんで話してくれなかったの？　何していたの？

二人きりだったの？　彼女はあなたに甘えたの？

どうして、自分から話してくれなかったの？

そんな風に詰め寄ってしまいそうな自分が怖いのです。やだ、重たい……。

……いいえ、意気地なしの私のことですもの。

結局、何も言えなくて一人で勝手に苦しくなってしまうに違いありません。

あまりにもリアルに想像できて、想像だけで落ち込んでしまいそうな自分に呆れてしまいますね。

（とにかくこういう時は、落ち着かなくちゃ）

聞けば教えてくれる。アルダールを信じている。

この二つは、間違えちゃいけない部分です。

意気地なしで恋に臆病な私が二の足を踏んだとしても、そこだけわかっていればなんとかなるはずなのです。

ただ、そう。

今は、落ち着きたいだけです。

このよくわからない、焦りみたいな気持ちを落ち着けたいだけ。

（……どうして、なんて考えちゃいけない）

私はその答えを、これから教えてもらえるはずなのだから。

それがわかっているのだから、怯える必要はありません。

アルダールが私を好いてくれていることも、大切にしてくれていることも、ちゃんとわかっています。それなのに怯えてばかりいては申し訳ないし、彼を疑ってかかるなんてそれこそ失礼な話だって理解しています。

だけど、本当のところ……私の気持ちはどうでしょうか。

こんなにも荒れ狂って、暴走してしまいそうだなんて！

（それでも、私も進歩したものね）

ほんの少し前まで、アルダールが私を選んでくれたことにすら自信が持てなかったのが嘘のよう。

今だって決して女性としての自分に自信が持てているわけではありませんが、それでも愛されているのだということは理解しているつもりです。

（だから、気持ちを落ち着けて……アルダールとの楽しい旅行中に全てを聞いて、納得できないところは質問して……）

きっと、これでいいのです。

こんな動揺した気持ちのままではいけないと冷静さを求める自分に従って、今はこうやって庭園のベンチに座って花でも眺めているのが一番でしょう。

（綺麗な花だなあ）

あれはアネモネだっけな。色によって花言葉が変わるのよね。

以前、庭師さんに教えていただいたのですが……赤は愛の告白で、後は何だったか。

ふと気になってベンチから立ち上がり、花壇に歩み寄って私はアネモネに視線を落としました。

赤、ピンク、白、青や黄色と咲き誇るそれは風に揺れていてそれだけで目を和ませてくれます。

なかなか花言葉が思い出せないままに花を愛《め》でていると、誰かが庭園にやってきました。

私が視線をそちらに向けると、そこには思いも寄らぬ人がいるではありませんか。

「……ユリアさま？」

そう……そこには、疲れた様子のミュリエッタさんがいたのです。

なんというタイミングでしょう！　会いたくないナンバーワンに会ってしまうなんて‼

思わず息を呑んで彼女を無言で見つめてしまいましたが、私はなんとか動揺を隠して笑みを浮かべてみせました。

そこは大人としての、小さなプライドみたいなものでしょうか。

なんとなくですが、彼女を前にして……みっともない姿を見せたくない気持ちになったのです。

「ごきげんよう、ミュリエッタさん。治癒師のお勤め帰りですか？　お疲れさまです」

「……ありがとうございます」

私の言葉に、ミュリエッタさんは無表情にそう答えました。

美少女の無表情って怖いな？

（……それにしても、疲れているのは疲れているんだろうけど……）

それにしたって疲れすぎじゃないでしょうか？

十代の少女がしていい表情じゃないんだけど。

治癒師ってそんなにハードだったかなあなんて思わず私が心配になるくらい、彼女は疲れているというより……そう、やつれているように見えます。

いつも天真爛漫《らんまん》という雰囲気だったはずの彼女が目の下に隈《くま》を作り、キラキラしていた目は輝きを失ってどんよりとしているではありませんか。

「ねえ、ユリアさま。先ほど、軍部棟にいらしてましたね」

「え？」

「あたしも、治癒師として軍部棟に行く用事があったので……その時にお姿を見かけたんです。大将軍さまと面会なさってたんですね」

「……ええ、そうです」

そこまで見られていたなら、下手《へた》に否定する方が変に思われてしまうでしょう。

私はにっこりと笑ってなんでもないことのように答えてみせました。

ですが、ミュリエッタさんはそれを受けてにこりと微笑んだのです。

それはこれまでの彼女からは、見たこともないような笑顔でした。

「じゃあ、あたしとアルダールさまが二人きりで会ったことも、きっとユリアさまの耳に入ってしまったんですね」

「……！」

驚く私をよそに、彼女は薄く笑みを浮かべるばかり。

ほの暗い笑みを浮かべた彼女は私を真っ直ぐに見ているはずなのに、どこを見ているのかわからない、そんな危うい雰囲気を持っていました。

「ミュリエッタさん……？」

「あ、すみません。呼ばれているから行かなくちゃ」

「えっ……」

彼女は私の呼びかけをなかったことにして、さっと背を向けました。

そして、振り返ることなく去って行ったのです。疲れなど感じさせないほど、軽やかに。

彼女は何をしに来たのでしょう、ただ休憩しに来たのでしょうか。

それとも、私を見つけてやってきたのでしょうか。

彼女を呼び止めて……私はどうしたかったんでしょう。問い詰めるべきだったのでしょうか。

(何やってるのかな、私……)

私はただ……その場に、立ち尽くすことしかできませんでした。


あの後、どのくらい庭園で立ち尽くしていたのでしょう。

時間にしてみれば、きっと大したことはなかったのだと思います。

ですがなんというか、足元が覚束《おぼつか》ない……そんな感覚です。

いいえ、すれ違う人たちが声をかけてくることもなかったので、きっと足取りはしっかりしたものなのでしょう。

それでも私は、自分の足元がぐらぐらしているかのような気持ちになっていました。

(どうして)

アルダールの愛情を疑ってはいません。

彼が私に対して不誠実な行動をとるなどとは思えないし、なによりも信じていますから。

ましてや、ミュリエッタさんと二人きりで会うなんてことを上層部の方々や、お目付役であるタルボットさんが許すとも思えませんしね。

だって未婚の、婚約者のいない貴族令嬢と男性が二人きりだなんて……まるで密会みたいで醜《しゅう》聞《ぶん》に繋がりかねません。

ミュリエッタさんに対しては上層部も〝英雄の娘〟としてイメージが崩れないよう細心の注意を払っているのですから、そんなことはさせないはずです。

アルダールと私が二人で堂々と私の部屋で会っているのも、恋人だと公言しているからこそです。

それがあるから周りも何も言わないのであって……彼女がそのことを知らないのだとしても、周囲がよしとするわけがないのです。

(だから、二人きりはあり得ない……)

ただアルダールが彼女と会ったのは事実というだけのこと。

誰かの立ち会いがあったと考えるのが、普通です。もしくはアルダールが付き添いだったという可能性だってあるはずですから……。

では、私は何に対して不安を覚えているのでしょう？

自分のことなのに、自分でもよくわかりません。それが落ち着かないのです。

(……よくわからないことだから、腹が立つのかもしれない)

アルダールにとっても、私にとっても、あれもこれも蚊帳《かや》の外に追いやられているのに巻き込まれている感が拭《ぬぐ》えないこと。

しかもそれが、決して私たちにとって無理難題であるかと問われれば違うものであるから、拒絶することもできずにいること。

それが職務に関わる範囲内のことであれば……大人として、不平不満はある程度飲み込んでやり遂げる必要もあるのでしょう。

でも、だからといって不満が解消できるわけではありません。

(今回のことも、私は……きっと、アルダールから聞きたかったんだわ)

彼以外の人の口から、ああでもないこうでもないと余計な情報を吹き込まれるようなことをされたくありませんでした。

余計なことを何一つ考えずに、アルダールの言葉だけを受け取ってから……それから彼らの言葉を聞けたなら、こんな風にならなかったのだと、そう思ったのです。

(なんだか、気持ち悪い……)

もやもや、ムカムカするこの感覚は、私の不快感そのものなのでしょう。

この苛立ちを、誰に向ければいいのかまるで分かりません。

勝手なことを言うミュリエッタさんに?

先走って余計なことを言ってしまうバウム伯爵さまに?

それとも、自分の感情をコントロールできない未熟な自分に?

気持ちを落ち着けるために庭園に来たというのに、結局ミュリエッタさんに会って感情がより波立ってしまって……再び落ち込んでしまいました。

(いやだなあ、このままじゃ、アルダールと顔を合わせられない)

これから楽しい旅行だというのに。

私がこんな気持ちではアルダールに心配をかけてしまうに違いありません。

そう思うととても申し訳なくて、でも話をしてくれるのだからこの気持ちも晴れるに違いないという理性もあって、自分のことながらしっちゃかめっちゃかです。

ふと、王女宮へと向かう道の途中で、人の姿がないことに気がつきました。

王宮へ続く廊下は、内宮や外宮と違って人通りががくんと減るのでそれ自体は珍しいことではありません。巡回の警備兵が歩く音や近くで働く人々の声は、当然聞こえています。

ただ、偶然にも廊下に人の姿がないというだけのこと。

完全に無人になるなんてことは王城で、特に王宮ではあり得ない話。

けれど、廊下でぽつんと自分だけが立っている状態が……まるで隔絶された場所に来てしまったような気分に陥《おちい》って、不思議な気持ちになりました。

（いけない）

それもこれも気持ちが落ち込んでいるせいだと私は首を左右に緩く振って、そんな考えを振り切ろうとしました。

物理的にそんなことができるものではありませんが……少しだけ、スッキリした気もします。

「ユリア？」

そんな私の前方から、今一番聞きたくて……聞きたくない人の声がしました。

ゆっくり顔を上げると、そこには私の姿を優しい目で見てくる、彼の姿があります。

「……アルダール……」

「良かった、すれ違いになったかと。親父殿に呼ばれたと聞いて、心配で執務室の方に行ったところだったんだ。でも留守だったから……」

「……」

「ユリア？」

安堵《あんど》した様子のアルダールが歩み寄ってくる姿を見て、自分の眉間《みけん》に皺《しわ》が寄るのを感じました。

胸が、何故だか苦しいのです。

彼の姿を見て安堵しているのに、脳裏にミュリエッタさんの面影がちらつくのです。

そんなことはないと理性が訴えるのに、好きだからこそ彼に好意を寄せる女性と会ったという事実が嫌なのだという気持ちが膨れ上がって……わけが、わからない。

(どうして……)

自分のことなのに、何もわかりません。

私の様子がおかしいことに、アルダールも気がついたのでしょう。

険しい顔をしているのがわかって、泣きたい気持ちになりました。

そんな表情をさせているのが自分なことに、心が痛むのと同時に……安心するのです。

(なんでかわからないけれど、泣きそう)

自分の気持ちなのに。

どうして何一つ、ままならないのでしょう。

胸がぎゅうっと痛くて、でもアルダールは悪くないってことだけはわかっています。

それなのに、口を開いたら彼に対して文句ばかり飛び出してしまいそうで怖いのです。

「ユリア、どうしたんだい?」

「……アルダール……」

優しく、声をかけてくれることが嬉しい。

私を心配してくれている気持ちがこれでもかってくらい伝わります。

わかっている、わかっている、ちゃんと私は理解している。

なのに、どうしてこんなに気持ちが荒れているんでしょうか。

「アルダール、ごめんなさい」

「えっ？」

「一緒に町屋敷に行くと約束したけれど……私は明日の朝そちらへ行くことにしたいの。だから、今日は……一人で、先に行っていて」

「ユリア？」

「ごめんなさい」

そうだ、私は冷静じゃない。

明日の朝になれば、きっと冷静になれるから。

だからお願い、そう続けられれば良かったのでしょう。

けれど、気を抜いたらそれこそ叫び出してしまいそうな自分の気持ちを押し殺すだけで精一杯なのです。これ以上、何かを喋《しゃべ》ろうと思ったらそれこそ……取り返しがつかない気がして。

なんとか笑みを浮かべました。浮かべられたはずです。

私は、ちゃんと笑えていたでしょう？

アルダールの横を、できるかぎり、平静を装ってすり抜ければ……後は、自分の部屋にさえ行くことができれば。

そうすれば、少なくとも彼を傷つけることはないはずだから。

（ああ、なんて私は身勝手なのかしら）

アルダールはこれっぽっちも悪くないのに！

もしかしたら、話を聞いて文句を言うべき場面もあるのかもしれません。

だけど、まだ彼から何も聞いていないのです。

その段階で耳を塞《ふさ》いで逃げ出すなんて、私の身勝手にしかすぎないじゃないですか。

頭ではわかっているのです。

わかっているのに、気持ちがどうにもいうことを聞いてくれないのです。

そんな自分が情けなくて、冷静を装ってすり抜けた後の私は早足になり、ついには行儀が悪いと知りながらも小走りで自分の部屋へと急ぎました。

早く、早く。

一人きりになって、よくわからないこの気持ちを枕にでも顔を押しつけて吐き出してしまいたい。

そんな気持ちでドアノブに手を伸ばしたところで、その手に重なる大きな手。

「ユリア！」

あと少しというところだったのに。放っておいてほしかったのに！

だけど、同時にすごく、ものすごく安心したのも事実。

アルダールは私を追いかけてきてくれた。けれど、彼女と会ったのを私に黙っていた。

でも、だって、どうして。

心の中がぐちゃぐちゃで、顔が上げられません。

ああ、捕まってしまった！

こんなみっともない私を見られたくなんてないのに‼

「離して……お願い、アルダール、お願いだから……！」

「だめだ。ユリア、頼むから」

もがくようにしてアルダールの手を振り払おうとする私を、彼は部屋のドアに押しつけるような形で縫い止めて……ああ、見られてしまったのかと泣きたい気持ちになりました。

見られたくなかったから逃げ出したのに、とうとう情けない顔を見られてしまったと余計に泣きたい気持ちになりましたが……なんとか涙は堪えられたと思います。

まるでキスするみたいな距離なのに、彼の青い目には泣きそうな顔の私が映っています。

それがなんとも滑稽《こっけい》で、惨めな気持ちになるではありませんか。

「……親父殿が、何を言ったのかは大体予想がつく。だけど、それがきみを傷つけたなら……それを私にぶつけてくれた方がいい。一人で抱え込まないで」

「や、ちが、違うの……別に、違う、違うの」

何が違うのかなんて上手く説明できなくて、まるで子供のようではありませんか。

しっかりしなさい、ユリア・フォン・ファンディッド！

頭の中では理性が叱咤《しった》してくるのに感情が追いつかなくて、私はただ首を振って彼の手をなんとかして振りほどこうとするだけで精一杯。ああ、涙が出てしまう。

しゃくり上げるようにただ否定する私に、アルダールは難しい顔をしていました。

彼を、困らせたいわけじゃないのに。

「違わない。……それに、もう逃がしてあげられない」

「なに、を……」

逃がす？　何を言っているのか分かりません。

その言葉に私が首を傾げるのを見て、アルダールは小さく苦笑を浮かべたかと思うと、すっかり抵抗を忘れてしまった私を突如として担ぎ上げたのです。

「ひぃえ⁉」

この場に似合わない悲鳴が出たと思います。

自分でも、もうちょっと乙女な声が出ないのかと思いましたが……咄嗟《とっさ》に出る声で乙女っぷりがバレますね！　なんて思ったのは内緒です。

「それではセバスチャン殿、申し訳ありませんがユリアは連れて行きます。後ほど人を寄越しますので彼女の荷物をよろしくお願いします」

「えっ、えっ⁉　待って⁉　セバスチャンさんがそこにいるの⁉」

それまでの感情が吹っ飛ぶくらい驚いているんですが！

アルダールの肩に担がれた状態で慌てて姿勢を立て直そうにもこんな状態初めてでどうしていいか本当にわかりません‼

こんなの、侍女研修にはありませんでしたからね⁉

いや、普通ないな！　なんだよ俵《たわら》担ぎされた場合の研修って！

（というか、何が起きているの……‼）

おそらくアルダールとセバスチャンさんが対面状態なのでしょう。

そのため私はさっぱり二人の顔が見えなくてですね！

っていうかこの状況、淑女どころか大人の女としてあり得ないんですけど⁉

「かしこまりました。では荷物と引き換えに筆頭侍女殿の制服をお渡し願えますかな、着替えの一つや二つ、バウム家の町屋敷であれば客人に貸し出せる程度には物もありますでしょうし」

「承知しました」

「ちょっと⁉　セバスチャンさあああああん⁉」

え、ちょっと待って私の人権どこ行った？

もしかしなくてもセバスチャンさんは私のさっきの醜態を見ていたってことですよね‼

逃げ出した方が悪いって言われたらそうなんですが、話し合いの余地は！

待って、本当にちょっと待ってほしい‼　切実な大問題！

アワアワする私をよそに、二人が冷静で大変困るんですけども。

でもそもそもこの体勢になったのは私が逃げだそうとしたからで……ぐぬぬ。

アルダールは本当に逃がすつもりがないのでしょう、がっちり私を捕まえています。

「ユリア。きちんと、話をさせてほしいんだ」

「……アルダール」

「その後でだったら、いくらでも苦情を聞くよ」

アルダールにそう言われて、私はぐっと言葉に詰まりました。

いや、うん、そうですね……話し合いも何も、そこから逃げ出したのは私なので……。

でもまだ覚悟ってものがですね？

「えっ」

何も言えずにいた私のそれを了承《りょうしょう》と捉《とら》えたのでしょうか、アルダールが軽く会釈したなと思ったらくるりと向きを変えてスタスタと歩き始めたではありませんか！

アルダールが歩き出したことにより見えるようになったセバスチャンさんは、大変良い笑顔を浮かべてハンカチを振っていてですね……えっ、ちょっと待って？　ほんとに待って？

セバスチャンさんの親指を立てている姿が見えて……んもう、後で覚えておいてくださいね⁉

でも今はそれどころではない事態っていうかですね？

「……ユリアは、もっと私にいろいろ言ってくれていいんだよ」

「あの、アルダール」

「迷惑をかけていることの方が多いことはわかっている。だからこそ私には不満を言ってほしい。それも私のわがままかもしれないけど」

「あの！　わかりました、わかりましたから！」

せめて担ぐの止めて‼

これまでの悲愴な気持ちよりもずっと切実なその訴えは、アルダールに無事届きました。

良かった、誰かに見つかる前で。末代までの恥になるところでした。

けれど、横抱きにされたことで余計に恥ずかしくなるなんて思わなかったんだ……！

ざわつく外宮で、顔が上げられません……‼

「もう……もう逃げないから……」

「うん？　聞こえないなあ」

もうやだ！

戻ってきた時に王城内でこのことが話題になってたらどうすんのよ！

私の平穏侍女ライフが裸足《はだし》で逃げ出しちゃった気がしてなりません‼

第三章　二人でのことだから

町屋敷についた私は、あれよあれよという間にバウム家の侍女さんたちに手際よく着替えさせられてしまいました。さすがにドレスではなく、ナイトウェア用のワンピースでしたけども。

到着した時点で時刻は宵の入りくらいでしたしね。

もう出かけないしなんだったら声をかけるまで誰も部屋に来るなって無表情のアルダールに厳命されて、侍女さんたちも緊張した面持《おもも》ちでした。

そして今。

私は彼の部屋にいて、彼のベッドの上で土下座をしております。

「……ええと、ユリア。頭を上げてくれないかな」

「ほんっとうに！　すみませんでした‼」

「いや、その、きみの申し訳ないって気持ちはもう十分伝わったから」

アルダールの苦笑と困惑が、見えなくてもわかりました。

いやそうでしょうね、恋人がベッドの上で土下座って普通に考えたらありえない光景ですよね、わかります。わかりますとも！

でもそうせざるを得ない状況ってものがあるんですよ、今がまさにそうなんです。

どうしてかって？

それはアルダールが聞かせてくれた話を聞いたからです。そう、例のやつですよ！

基本的に私は嫌なことがあっても飲み込む傾向にある、ということは……以前、お針子のおばあちゃんと話をして自分でも理解したつもりでした。

今回の、ミュリエッタさんについても勿論、あれやこれやと思うことはあってもそれをアルダールにぶつけるのは間違いだと判断して逃げ出そうとしたわけです。

自分の中の感情に折り合いをつけて、不平不満を呑み込んで、何事もなかったように振る舞って良いところだけ見せようとするズルイ自分が出ちゃったわけです。

それを彼が良しとしなかった、というか、アルダールはこういうことは自分たちのことなのだから本音をぶつけてほしいと言ってくれたのです。

（……そっか、私たちの問題、かあ……）

うん、ここまでは普通の恋人としては良いことだと思うんですよ。

私も独り善《ひとよ》がりっていうかショックがでかくて突っ走ってしまったっていうかね。

お互い思っていることをきちんと話し合える関係って素敵ですよね！

でもここからが問題でした。

（いくら……いくらこういうことに経験不足で、泣いてしまうだけならまだしも……）

そう、それだけならまだしも！

いえ喜びと申し訳なさが相俟《あいま》って、感極まって泣いちゃったこと自体恥ずかしいんですけどね⁉

完全なキャパシティオーバーに陥って泣き出し、アルダールに抱きついてしまったことを思い出すと今でも顔から火が出そうです。

しかも『どうしてミュリエッタさんに会いに行ったって教えてくれなかったのか』や『なんでバウム伯爵さまから聞かされなくちゃいけなかったの』だけに留まらず、そういうことを受け止めきれない自分がいやだ、アルダールを信頼しているのに不安になる自分がいやだ、そんなことを子供みたいにとりとめもなく、グズグズ訴えてしまったんですよ！

しかもそれをアルダールが全部受けてくれて、抱きしめて、瞼《まぶた》に何度もキスしてくれて。

優しく何度もごめんねって言ってくれたんです。

ささくれだった心がすっと軽くなって、ああ、こういうことなんだなと。

二人で解決するって、大事なことなんだって心の底から思ったものです。

それがとても嬉しくて、嬉しくて。

……嬉しくて、ですね。

まさかのまさか、泣き疲れて寝てしまいました！　子供か！

(目が覚めたらアルダールの腕枕とか！　どういう状況だ‼)

うわぁぁん、彼氏の部屋に来て泣き喚いて泣いちゃうとか大人として恥ずかしい！

ってなわけで、目覚めた直後の土下座に繋がるのです。

窓の外はもうすっかり真っ暗で、ここに着いた時はまだうっすら明るかったのに……熟睡とかじゃなくて良かったと言えるのか？　いいえ、言えません……。

(いやあああ、穴があったら入りたい‼)

アルダールは頭を上げろと言いましたが、恥ずかしさもあって余計に無理‼

「うーん、このままじゃ話がしづらいんだけど」

「うっ……」

「それに、あんなに泣いてしまったから顔を洗いたいんじゃないのかい？　腫れてしまったら大変だし、私も心配だ」

「ううっ……」

「……少し待っていて。侍女たちには知られたくないんだろう？」

優しい声と、ふわりと私の髪を撫でていく大きな手の感触。

そしてパタンというドアの閉まる音。

アルダールが、私のために濡れタオルか何かを用意してくれるんでしょう。

しかも館の侍女たちに見られないようにしつつ、一旦私を一人にして落ち着ける時間をくれたんだとわかっています。

その優しい気遣いを思うと、体中から力が抜けるっていうか……情けなさに打ちのめされそう。

（……なんで話をしただけで泣いちゃった上に寝ちゃうかなあ、私……）

ここに着いた時、アルダールはまだピリピリしていて正直怖かったです。

けれど、ちゃんと面と向かって話をしようと声をかけてくれたんですよね。

それが嬉しくて、でもその時の私はまだ覚悟が決まっていなかったから余計な言葉が口をついて出てしまいそうだと私ははぐらかすようにして、用意されたゲストルームに戻ろうとして……。

そんな風にまた逃げ出そうとする私を捕まえて、ベッドに押し倒すようにして話をしたいんだと諭《さと》されたんだよね。

で、諦めて話を……いや、待って？

……押し倒すように……？　っていうか、押し倒されたよね？

だからあの場で寝ちゃって腕枕に繋がったわけで……あーなるほどねー。あー。

（あああああああああああああ⁉）

経緯を思い出して思わず私は勢いよく体を起こし、自分が今、どんな状況か改めて理解しました。

いやいやいや、これはない。なさすぎる。どんだけ危機感がないんだ。

いやこの場合は危機感どころかアルダールの方が理性的過ぎて怖い？

そういう問題じゃなかった！

このベッドがアルダールのものだと再確認して、思わず気まずさから飛び降りてしまいました。

そして椅子に慌てて移動したわけですが、今更感が拭えない……‼

（そもそも寝間着……って言っていいのかわからないけど、そういう服で恋人とはいえ異性の部屋で二人きりとか、良くないんじゃ……）

それこそ今更なんですけど！

王城にある私の私室で何度も二人きりの時間を過ごしているわけですから、本当に、本っ当に今更なんですけど‼

それでもそれが彼の実家……いや、持ち家？

この場合はなんて表現するのが適当か分かりませんが、そういうのが余計にこうね？

（いやいや落ち着きなさい、ユリア。こういう時こそ冷静にならねば……‼）

そう、冷静に。冷静になればなんとかなるはずです。

できるはずです、私ですもの。

それなりに慌てる場面もいくつか経験しているのですからなんとかなるはずです！

冷静になりましょう、そう、冷静に……。

（って、冷静になんぞなれるかあ‼）

目を閉じて深呼吸を幾数回。

それでも無理だったから素数を数えてみたものの、残念。できませんでした！

「お待たせ」

「ひゃい‼」

冷静になることができず大きなため息でいろいろな気持ちを誤魔化《ごまか》そうとした瞬間、アルダールが戻ってきたので私は変な返事をしてしまいました。

そのことにはアルダールも気づいたはずですが、突っ込まずにいてくれて……ああ、うん、そういうところ優しくて好き……。

じゃなくて！　せめて！　ノックはほしかった……‼

いや、ここアルダールの部屋なんでそれを言うのも違う気がして私はなんとも言えなかったんですけどね。そもそも、もしかしたらノックしたのかもしれないし……私が一人でジタバタしていて気がつかなかった可能性があると思うと、怖くて聞けない。だってその可能性が大。

「はい、どうぞ」

「……ありがとう、アルダール」

受け取ったタオルはほんのり温かくて、お湯でわざわざタオルを準備してくれたのかと思うとちょっと、いや、かなり……その気配りが嬉しい。

キュンってしました。うう、私の恋人が素敵すぎる。

「落ち着いた？」

「……ええ、多分……？」

「どうしてそこで疑問形かなあ」

私はまだ恥ずかしくて目に当てたタオルを少しずらすようにしてアルダールを見れば、彼はただ優しく笑ってこちらに優しい目を向けているではありませんか。

「……あの、そんなにこっちを見つめられると、すごく居たたまれないので止めていただきたいんですが」

「口調が他人行儀だね？」

「そうせざるを得ない状況に追い込まないで⁉」

「いやあ、話をしている最中に急に寝てしまうものだから、焦った意趣返しというか」

「酷い！」

笑い合ってみると、少しだけ恥ずかしさが和らいだ気がします。

彼なりにこの場を和ませようとジョークを言ってくれたんだなと思えば、私もいつまでもこうしていてはいけないのでしょうね。

「……安心した」

「えっ？」

ひとしきり笑い合ったところで、アルダールが真面目な顔で私を見つめ、手を繋ぎました。

彼の手は震えていないのに、どこか震えているような……私が震えているせいでしょうか？

それにしてもこの表情、どこかで見たことがある気がします。

「ユリアが本音を言ってくれて良かったと心底思っているけれど、こんなになるまで聞けなかった自分も不甲斐なく思ってるんだ」

「アルダール……？」

私はどこでその表情を見たんだったかしら。

そんなことをぼんやりと考える私に、アルダールは穏やかな口調で言葉を続けました。

「ユリア。……全部話すと言った約束を、今ここで果たしてもいいかな」

「え？」

「本当は、旅行中にゆっくり、少しずつ……話すつもりだった。いっぺんに話して、きみの負担になってはいけないと思ったから」

繋いだ手を持ち上げてキスを落とすアルダールの視線は、私の目を見つめたままです。

その視線には、熱が灯《とも》っているようでどきりとしました。

「でも、ここで今。話したい」

「……え、ええ。構わないけれど……」

「ありがとう」

私の言葉に微笑んだアルダールは、なんだか吹っ切れたような表情をしているのでした。

「まず、私に口止めをしたのは誰か……というところから話そうか」

「……ええ」

「まあ、そこは想像がついていると思うけれど、親父殿だ」

アルダールの言葉に私も頷きました。

彼に対して強制力のある人物は、そう多くは存在しません。

勿論、高位貴族の当主たちとなれば敬意を払うべき相手ではありますが、それと強制力はまた別の問題です。

アルダール・サウル・フォン・バウムという人物は、宮廷伯の息子であり、大将軍の息子。

加えて史上最年少で近衛騎士隊に入隊した……つまり、近衛騎士としてはベテランとまではいかずとも、それなりの勤務年数という信頼と実績を持つ人でもあります。

更に次期剣聖と期待されるほどの剣術の実力者。

そんな彼に対して特別な任務を与え、命令できる立場の人はそういません。

特に近衛騎士隊の職務に関することであれば、私に対して『あとで説明する』なんて言う必要がないのです。となれば、可能性が高くなるのはバウム伯爵さまということになるわけで……。

(だからなんの不思議もないっていうか)

アルダールも私の考えがそこに行き着いているって気づいていたんだと思います。

だって、再確認みたいな言い方でしたもんね!

「ユリアも知っていることだけど……貴族の一員として生きるにあたって、自由に振る舞えないことが多いだろう？　私は……まあ、割と好きにさせてもらったのだと今なら思えるけれど、普通は何をするにも当主の意向を重んじねばならない」

「それは……ええ、そう、ね……？」

アルダールは幼い頃から剣を学ばせてもらい、騎士隊への入隊も許されたことを『好きにさせてもらった』と言っているのかもしれないけれど……。

（バウム家の人間としては割と王道な生き方なんじゃないかしら）

もしこれが冒険者になりたいとかだったら全力で反対されていたような気もしますが、まあ今そんなことを口にしても話が進まないので大人しく肯定《こうてい》だけしておきましょう。

それに、好きにさせてもらったというならば、私だってそうです。

貴族家の娘として生まれた以上、婚姻を結んで良い縁をもたらすことが一般的。

派閥や事業の関係で絆を結ぶ都合により幼い頃から婚約者がいるなんてこともよくある話ですし、そうでなくとも適齢期になれば社交の場で縁を見つけてくる……なんてのもよくある話。

お父さまも、私にそういったものを望んでいたことは知っています。

（……私のいいところを見てくれる人がきっとどこかにいるって、言ってたっけ）

それって遠回しに見た目では期待できないって言ってるようなもんだったんですけどね！

いやあ、お父さまったら本当にもう……お父さまなんだから。

だけれど結局私がプリメラさまのお傍にいたいと願って、それが許された形で現在に至るワケなので……それってかなりレアケースですから、許可してくれて感謝しています。

まあ、単純にお父さまが強く出られない性格だっただけってことも、かなりの比重を占めている気がしないでもない。止めきれなかったの方が正しいんだろうな……。

ともかく。

貴族の子供であるということは、その家にとって役割を持たねばならないということでもあると私たちは幼い頃から教育されるので、当然私もそのことについてはよく知っているわけです。

とかく、領地持ちであったり王宮に役職を持つ貴族の家となれば……ね。

「私はこのまま近衛騎士であり続けたいと、親父殿に正直な気持ちを伝えた」

「えっ、それは……」

「バウム家の分家当主となる気はないと……そう、親父殿に宣言したんだ」

「……思い切ったことをしたのね。いえ、アルダールは近衛騎士であることに誇りを持っていたから、認めてもらえるならそれはとても嬉しいことだと思うけど」

「……そうだね、怪我で引退なども可能性としてはあるけれど、私の年齢で言えばきっと平均よりも長く務めることができるだろう」

近衛騎士隊は騎士隊の中でも選《え》り抜きの、更に貴族出身者から選定される集団です。

その中でもまだ年若いアルダールが近衛騎士を続けるつもりなら、きっとこれから二十年以上は余裕で務められるはずです。

あくまで何もなければ、ですけど。騎士である以上、安全とは言い切れませんから。

そんな私の考えがわかっているのか、アルダールは柔らかく微笑みました。

「分家を逃げ道にする気はない。その覚悟で、親父殿に言ったんだ。だから、ディーンの補佐にはなれない。ならないとね」

いずれディーンさまにバウム家当主の座を譲った際、アルダールにその補佐として二人で領地を盛り立ててほしいと願っていた……と知っているだけに、バウム伯爵さまは随分と落胆なさったんじゃないかなと少し心配にすらなりました。

ああ、でも軍部棟でお会いした際はそんな様子はありませんでした。

もしかして、アルダールが真っ向から意見を述べたことを喜んだのでしょうか？

これまでのことを考えると、父と息子の間ではコミュニケーションが取れていなそうですしね。

（……わからない）

じゃあ、バウム伯爵さまは何故、私を呼びつけてまであんな話を聞かせたのか。

あんな……漠然と、不安にさせるような話を。

そのことがどうにも頭にちらついてモヤモヤします。

「他にもあるけれど、まあ……まずはそれについてだね」

「えっ？　他にも？」

「うん。まあ順々に話すよ。で、分家当主とならず近衛騎士を続ける条件を出された。それが『簡単に怪我などせず、役立つことを証明してみせろ』というものだったんだ」

それが連日の、各地でのモンスター退治に繋がっていたと……えっ、無茶ぶりじゃない⁉

そんなにも騎士として残ることにバウム伯爵さまは反対されていたんでしょうか。

思わず『それにしたって……』と眉間に皺が寄るのを感じました。

確かに各地のモンスターについては毎年新聞で被害情報が載るほどの大問題です。

国民のためにも退治が必要なのは事実ですが、これって公私混同ではありませんかね！

しかも口外してはならない理由は、誰かに助言をもらったり、手助けする人が現れては彼自身が成し得たと言えないから……というものだったそうです。

でも当然、そんなのバウム伯爵さまお一人で認可できる任務ではないはずです。

つまり、陛下と近衛騎士隊の隊長さまが関与しているってことですよね⁉

だから王太后さまも知っておられたのでしょう。

（バウム伯爵さまに対して、あんなに呆れていらっしゃったのはこのせい？）

でも、モンスター退治は国民の益にはなるし……誰かが行かなくてはならないのであれば、確かにちょうどいいと言えばちょうどいい……？

いや、なんか納得できないな⁉

「そんな顔しないで」

「ご、ごめんなさい」

アルダールがそれを見て私の眉間に指先を当て、くすくす笑いました。

だって……嫌だったんですもの！

連日大変そうでしたし、疲れている姿を何度も見ましたし、怪我をしていないかなとか……こちらもずーっと心配だったんですからね⁉

そりゃ私も仕事柄、そういったものを顔に出さないのは得意ですが……だからといって、無理難題にも程があるっていうか。

こちとら仕事の合間に彼の無事を祈ってたんですよ。本当に心配でたまらなかったんです！

（でもその無理難題をアルダールはやり遂げたんだよなあ……）

「それから親父殿には、義母上とディーンに説明と説得をしろとも言われたけど……まあこちらは特に問題なかったかな。むしろ応援された」

「ああ……」

それはなんとなくどころか、よくわかるっていうか。

あのお二人ならアルダールの覚悟がわかったなら、全力で応援してくれる姿が想像できます。

（むしろ、二人を宥《なだ》める方が大変だったりして？）

その光景を思い浮かべて思わずくすっと笑えば、目の前のアルダールが不思議そうな顔をして小首を傾げました。

私は慌ててなんでもないのだと首を振って誤魔化しましたが……これだけは言わなくちゃ。

「おめでとう、アルダール」

彼が選んだ道は、普通に考えたらきっと厳しい道だと思います。

分家を立ち上げ、その当主としてバウム家がいくつか持っている爵位の中のどれかを継承することで地位も安泰、兄弟で仲良く領地を守っていく……それはとても穏やかで、誰も不幸にならない、一族としても個人としても、実りが多く危険の少ない未来。

それがアルダールには用意されていたのです。

それこそ、建国当初のバウム家で兄弟が支え合ったというお話のような、ね。

でも、私はアルダールが自分の選んだ道を歩めるということが、とても喜ばしく思えました。

爵位がなくとも、領地がなくとも、きっとこの人は騎士として立派に生きていけるのだと私は誰よりも……というのは言い過ぎかもしれませんが、知っているから。

そんな私の言葉に、アルダールは目を瞬かせてから照れ笑いを浮かべました。

「ありがとう。……ユリアなら、そう言ってくれるとわかっていたんだけど……それでもやっぱりきみに直接そう言ってもらえると、嬉しいな」

そりゃそうでしょう。言いますよ、言いますとも！　全力でお祝いしますとも‼

私は、なんたってアルダールの恋人ですから？

お祝いを！　言わないなんて！　それこそありえませんからね‼

「ええと……次は何を話そうかな……そうだね、何故近衛騎士隊が……というか、国王陛下が親父殿の提案を受けたのかってことと、ウィナー男爵令嬢の元を訪れた理由かな」

「……ええ」

ウィナー男爵令嬢。つまりミュリエッタさん。

その名前が出たことで思わず身構えてしまいました。

私のその様子に苦笑を浮かべたアルダールが優しく微笑んでくれたので、少しだけ緊張感が和らぎましたけど……やっぱり気になって仕方のない部分です。

「言っておくけど、ウィナー男爵令嬢に関しては、私は一人で会いに行ったわけじゃないよ。同僚が同行したんだ」

「そ、う……なの？」

アルダールがきっぱりとそう言ってくれて、私はそれに対してホッとするのと同時にビックリしてしまいました。

いえ、アルダールを疑っていたってわけではありませんし、ミュリエッタさんの言葉をまるっと頭から信じていたってわけでもありません。当たり前のことと言えば当たり前のことなんですよね、未婚の男女がお付き合いもしてないのに二人きりで会うなんてことは滅多にないことですもの。

だったら……じゃあなんで彼女はあんな……庭園で、あんな変なことを言ったのでしょうか。

（私への嫌がらせってのが一番なんでしょうけど）

それにしたって、自分の言動によって今までも苦労する羽目に陥っているのに、なんで繰り返すかしらと思わずにいられません。

だって場合によってはアルダールの名誉問題に発展しかねませんからね……。

未婚のご令嬢と二人きりで会っていたなんて吹聴《ふいちょう》されたら、よろしくないことは明白です。

それでも彼女がそんなことをしたのには、理由があるんでしょうか？

自暴自棄《じき》になっていたとか？

「実はね、ウィナー嬢に見合い話を持っていったんだ。相手については言えない」

「えっ……⁉」

「近衛騎士隊が見合い話を持っていくなんて不思議だろう？　普通ならあり得ない」

「え、ええ……」

「……これも近衛騎士隊が今回の件に何故嚙んでいるのか、という話にも含まれるんだけれどね」

アルダールは少しだけ言葉を選ぶように何度か口を開いては閉じて、私の手を握りました。

それからため息を一つ。

「バウム伯爵家が本来秘密であるべき宮中伯という地位を明かして各貴族を牽制する、王家の盾《たて》であり、矛《ほこ》であるのは知っていると思う。言うなれば、表立って貴族たちに睨《にら》みを利かせる番犬のような立場だ」

「……ええ」

「それとは別に、貴族たちを監視する貴族が、存在するんだ。どこの誰かは明かされていない」

つまり貴族たちにその存在を悟らせず、動向をチェックしている人がいるというわけですね。

ただアルダールが話してくれたことによれば、その貴族は名門貴族の一つであり、もしかすれば複数いるのかもしれないってことでした。

悪いことをしていないなら堂々としていればいい話なので、私は『ふーん』と思っただけですね。

(国王派なのか、中立派なのか。或《ある》いは軍部派なのか、貴族派なのか……。もしかするとどの派閥にも存在する可能性がある、そんな〝貴族〟が存在するってことかあ)

王家や公爵家が持つ〝影〟のように人知れず貴族を監視する貴族。

考えれば、それはあって当然の機関だなと思いました。

貴族たちの派閥、その動きを知るためにお互いに探りを入れたりするのは日常茶飯事……そのくらいは私も知っていますし、貴族令嬢として理解しています。

でも、どうして常にバランスを保てるのか……なんてことは考えたこともありませんでした。

なんとなく、賢い誰かが上手く執《と》り成《な》してバランスを保ってきた……そんな風に思っていたのかもしれません。

それこそが、まさしくその〝貴族〟なのでしょうけれど。

「ウィナー男爵父娘は、そういう意味で確かに貴族たちを引っかき回したと思うよ」

英雄の出現、祝祭を示すかのような髪色を持つ類《たぐ》い稀なる治癒の魔法を使う英雄の娘。

彼らをいいように使おうとする国王陛下も、貴族たちも、その〝貴族〟の目にはどのように映ったのでしょう。

……私には、ちょっと壮大すぎて見当もつきませんね。

「まあ、とにかく……言い方は悪いけど、彼女はもう役目を十二分に果たしてくれたってことらしい。だから、貴族令嬢らしく婚約させて落ち着かせようという結論が出たそうだよ」

上位貴族から婚約を申し込まれたり紹介された場合、余程の理由か、断るだけの権力、あるいは財力がなければ断りづらいことは確かです。

上層部が決めたということは、これは国が推薦した相手。

つまり、ミュリエッタさんにとってのそれは……確定したも同然の、婚約の打診であるということでほぼ間違いないでしょう。

(可哀想と思っては……いけないことね)

彼女だって、私にそんな風に思われては余計に腹が立つでしょうしね！

それでも少しだけ考えてしまうのです。

まだ若いのにとか、もっと周りの大人が彼女に親身になってあげたら未来が変わっていたかもしれないのにとか、今でもそう思ってしまうのは……きっと私が甘っちょろいのでしょう。

でも私がたくさんの優しい大人に囲まれて、時に叱咤されつつ、時に導いていただいたおかげで健やかに成長できたように……彼女にもそんな相手がいたら、未来は違っていたのかもしれないなと思ってしまうのです。

「私としては会いたくなかったんだけどね。これも親父殿の指示の一つで断れなかったんだ。けじめをつけろってことだったんだけど……最後だから文句でもなんでも言っていいって許可も下りたんだ。折角だし実行してきた」

「ええっ⁉」

「しっかりきっぱりお別れを述べて、婚約が上手くいくよう祈っていると伝えてきたよ」

アルダールがにっこりと、それはもう輝くような笑顔でそんなことを言うから私としてはなんというか……ええ、なんて言っていいのか、わかりませんでした。

前々からミュリエッタさんに対しては塩対応なアルダールでしたが、今回のそれはもうどこまでいってもツレないどころの話ではありません。

もしかしたら直接的な拒絶の言葉を投げつけてきたんでしょうか。

(ええと……？　これはどういう反応をするのが正解なの……？)

私が困惑する中、アルダールは一気にたくさん話したから疲れたのか、ため息を一つ。

でもその表情はとても柔らかいものでした。

「きみが好きだよ、ユリア」

唐突な愛の言葉に、私は目を丸くしてしまいました。

これまでの会話の流れとは関係ないのに、どうしたのでしょう。

私がミュリエッタさんの話題でピリピリしていたから、安心させるためでしょうか？

「……え？　ええ、私も……好き、です、よ？」

「ここまで話して、こんな場所でって思わずにはいられないんだけど」

「アルダール？」

ちょっとだけ苦々しい顔を見せてから、アルダールは困ったように笑って私の手を握りました。

こちらを見つめてくる眼差しは、何かを決意しているようで目が離せません。

私は何かを言うでもなく、ただ見つめ返すことしかできませんでした。

「私は、近衛騎士隊に残るから……騎士爵という扱いの、ただの貴族になる」

「え、ええ」

「親父殿は……まあ、後ろ盾ってやつとはまた違うし、バウム家と縁が切れたわけでもないけど、それを頼りにするつもりもないし、まあこれだけ啖呵《たんか》を切ってしまったから頼るなんて格好悪いことはできやしないんだけど」

「……ええ、っと……？」

なんでしょう、話の行く先がまるで見えないんですが。

現状把握をしたいのかしら？

「何をするにも当主の意向を伺わねばならなくて、今回も……きっと賛成してくれると思っていたことを阻まれるだけじゃなくて、いろいろと言われて、まあ、親子喧嘩に似たようなこともしでかしたしなあ」

「だ、大丈夫なの？」

「ああ。そこについては義母上がもっとやってくれていいと言ってくれたしね。まあそれはともかく、私は……私の気持ちだけで、こんなに行動したのは、子供の頃以来じゃないかな」

「そう、なのね……」

「正しくはユリアと出会ってから、かな」

それは、良いことなのでしょうか。多分、いいことなんでしょうけど……私には分かりません。

ただ、彼が何を言っているのか、言いたいのか、待つだけしかできずに困惑する私をよそに、アルダールは言葉を続けます。

私を、真っ直ぐに見据えて。

それに対してどうして良いかわからなくて相槌を打つしかできないけれど、多分、あってる……よね？　なんだか悪いことをしているわけじゃないのに、ドキドキしてきました。

「私は、騎士であること以外、ただの……平凡な男になったと思うんだ」

「アルダール？」

「それでもいいと、言ってくれないかな」

「……え？」

ぎゅっと、アルダールが私の手を握りました。

その手が、少しだけ……震えているような気がしたけれど、確認はできませんでした。

「ユリア。私と、人生を共に歩んでくれないか。地位や名誉が必要なら、きっと……この手で、掴《つか》んでみせるから」

青い目が、熱情を持って。

私に縋《すが》るように、訴えるように、そして、何よりも焦がすような、熱を。


「結婚してほしい」


間違いありません。

結婚してほしい、そうアルダールが言ってくれました。

空耳じゃないです。私が思い描いていた幻想とかでもありません。

「はい……はい！　勿論です！」

何が勿論なんだとか、自分の中で冷静な部分が突っ込んでましたが、とにかくぼんやりしている場合じゃない、早く応えなければと私は思わず大きな声で返事をしていました。

自分でも思った以上に大きな声で返事してしまって恥ずかしくもありましたが、それ以上に嬉しくて、嬉しくて、とにかく嬉しくて！

どのくらい嬉しいかって？

そりゃもう飛び上がりたいくらいですよ！

勢い余って立ち上がった弾みに椅子が倒れてアルダールがびっくりしてしまったし、私もその音で正気に戻ったけども。

「ご……ごめんなさい……」

「いや」

慌てて椅子を元に戻して座り直すと、なんだか自分の浮かれようが恥ずかしくてたまりませんでした。もういい大人なんだから落ち着けよ、淑女だろうって脳内の私が呆れています。

でも、嬉しくて。

本当に嬉しくて、顔がにやけてしまうのです。

やばい、今まで経験で培《つちか》ってきた私の鍛えられた表情筋が働きません！　どうしましょう!!

「……ありがとう」

「い、いえ、その、私こそ……」

アルダールの顔もどことなく赤くて、それでもやっぱり嬉しそうで、それを見たらまた私も恥ずかしいけれど嬉しくって、ああ、なんて幸せなのかしら！

「本当は、もっとスマートにプロポーズするつもりだったんだけどね」

「え？」

「義母上もディーンも応援してくれていたし、付き合っていると報告した際にも何も言われなかったから親父殿も婚約を願い出たとしても反対はしないと思ってたんだ」

アルダールもホッとしたのか、ふーっと息を吐くようにして椅子の背に体重を掛けるようにしてくすくす笑いました。

「ユリアに結婚を申し込んで受けてもらえたら、さっき話した分家を断りたいっていう相談をして……二人で、この先どう生きていきたいか話し合おうって、そう思っていたんだ」

貴族の結婚は家のためのもの。

そしてそれが良いか悪いか判断するのは当主の権限。

だからこそ、アルダールは彼の意思として私と結婚したいと希望する気持ちと、結婚の申し込みができるかどうかは別の話となるわけです。

貴族の慣習には面倒くさいことも多々ありますが、これは大切なことでもあるのです。

まあ、一長一短と言えばそうなんですが……全ての当主が有能とは限りませんからね。

それに、有能だったとしても人間ですもの。その辺りの判断は難しいものです。

身分制度のある国だからこそ、下位の者は上位の者には逆らいづらい。

そういう面があるからこそ貴族家の付き合いや派閥を頼ることが重要になります。

それすらも婚姻関係で結ばれた絆だったりするから、とても複雑ではありますが……。

とにかく、それらを踏まえた上で年齢、相手の気持ちはどうか、互いに問題がないかどうか……そういうことを考慮の上で判断が下されるのです。

例えば上位貴族の放蕩《ほうとう》息子が『美女だから』って理由で、面識もない婚約者がいる下位貴族のご令嬢を奪って妻にするなんて言い出した場合、それを却下《きゃっか》することが可能ですよね。

それなら放蕩息子が今後その下位貴族のご令嬢にいくら求婚しようとしたところで、とりあえず下位貴族側は無理矢理どうこうされるってことからは逃れられるわけで……まあ、身分を笠に狼藉《ろうぜき》を働く人はどこにでもいるので、その辺りは難しい問題ですが。

ほら、パーバス伯爵家の妖怪みたいなね！

逆に下位貴族側から『ハイ喜んでえー！』って婚約者がいるのもお構いなしに高位貴族に売り込む例も昔からあるので、そういう意味では派閥はお互いに変なことをする人がいないか監視し合っているとも言えるかもしれませんね！

（本当に面倒くさい社会だなあ）

とにかく、アルダールはそういった貴族としての順序を守って、まずは当主であるバウム伯爵さまに結婚の申し込みをする許可を得ようとしたわけです。

特に彼の場合はディーンさまが結婚する前だとあれこれ詮索する人が現れたりする微妙な立場なので、余計に気を遣うのでしょう。

まあそれはともかくとして……。

「ところが結婚については何も文句を言わなかった癖に、分家を断りたい、そのことをきみに相談してから結論を出すつもりだと言った途端『なんでもかんでも相談するのは男として責任を放棄している』とかなんとかいろいろと説教されて」

「え」

「別に私だってユリアに決断を委《ゆだ》ねるつもりはなくて、独断でなんでも決めるようなことはしたくないだけだった。結婚を前提に考えるのに、将来のことを共に考える相手に相談をしないっていう考えが私にはなかったから」

アルダールらしい考え方だなと私は思いました。

それと同時に、バウム伯爵さまもバウム伯爵さまらしいなとも。

「で、結果、親父殿とは完全に平行線になってね。それでまあ、結婚したいなら親父殿が出す課題を乗り越えてからじゃないと許さないって話に繋がったというわけなんだ……」

「ええ……？」

いやその流れがわからないな！　わかりますけど‼

まさかの親子喧嘩から国の偉い人が関与することになるなんて誰が予想できましょう。

「そのくらいできない男なら結婚を申し込んでもユリアの夫としては不足だとまで言われた」

「そ、そんなことをバウム伯爵さまが……？」

じゃあもしかしなくても、アルダールは結構前から私との結婚を意識していて、決意を固めて行動に出てくれていたと……そういうことですか⁉

それを、バウム伯爵さまが立ちはだかっていた……だと……⁉

うちのお父さままでもそんなこと言わないですよ⁉　むしろ喜んだと思いますけど⁉

「わ、私、アルダールは結婚したくないのかと思ってました」

思わずポロリとそう言えば、彼は目を瞬かせてから少しだけバツが悪そうな表情を見せました。

そのことにちょっと申し訳ない気持ちになりましたが、でもだって、そう感じていた私は悪くないと思うんですよ！

(愛されているとは、思っていましたけどね？)

アリッサさまに結婚はいつなんだと問われた時にそれを遮《さえぎ》ったりとか、周囲がそういう雰囲気になっても将来の話とかは一切しなかったこととか。

あれを考えると恋人から先は望んでいないんだろうなって思うじゃないですか！

「……ユリアは、働きたいだろうし。私が分家当主になると決まっている状況だと……ある意味王女殿下の侍女として当面働き続けることにも繋がると思うし、今のままで申し込んでも悪くないと思ったんだ、けど」

「けど？」

「周りに言われてとか、流されてとかじゃなくて……私と、歩みたいと思ってくれるのが、一番だと……それに、私自身騎士としての道を諦めきれなくて。そんな半端な状態で、申し込むのはあまりにも格好がつかないだろう？」

言っていて恥ずかしくなってきたのか、真っ赤になった顔を隠すように片手で覆ったアルダールに思わずつられて私も口元に手を当てました。

勿論、私の場合はにやける口元を隠すためですよ‼

「アルダール」

「……いやもう、笑ってくれていい。バウム領までの旅行中に、これらの話を少しずつしながらユリアの気持ちをしっかり聞こうと思っていたんだ」

「ねえ、アルダール」

「それで、もう少し行った先に落ち着ける場所を見つけてあって、そこでプロポーズをきちんとするつもりだったんだよ」

「アルダールってば」

「告白だってなし崩しだったし」

そういやそんなこと前にも言ってましたね！

考えてみるとアルダールからすれば、彼が思い描くような形で私との関係は進んでいないのかもしれません。というか、そうでしょう。

だって、告白はアルダールもエディさんの言葉を受けての衝動的な行動だったって言っていたし……初めてキスしようとした時だって、ハンスさんの邪魔が入ったしね？

その上、新年祭では私が唇を奪っちゃったわけで……いや思い出すと恥ずか死ねるな。

(で、今回の件か……)

まあ凹《へこ》みたくなる気持ちもわかります。

わかりますけど、そんなに気にしなくていいのに。

「笑いません。だって、私、幸せだもの」

私が恋した相手は、近衛騎士隊の人で、伯爵さまのご子息で、複雑な家庭事情があって、誰よりも剣の腕に秀《ひい》でていて、努力家で。

美形で、かっこよくて、優しくて、とてもモテる人で。

でも甘い物が好きだったり、家族のために自分を我慢しちゃうところがあるような人です。

周りの人が言うような完璧な人とはほど遠くて……彼は、どこにでもいる……ってわけではないけれど、普通の男の人です。いや普通より大分かっこいいしすごい人だけど。

でも、みんなが言うような特別な人ではありません。

そして、誰よりも私にとって魅力的な人で大切な人です。

「ただのアルダール、それが私の大好きな人なの。だから嬉しい」

「……ユリア」

「私と、共に歩みたいと望んでくれてありがとう」

だって、そうでしょう？

この国で望まれる美女の要素なんて殆ど持ち合わせていなくって、仕事以外の特技があるかと問われると正直微妙な私は……本音を言えば恋なんて諦めていたのです。

プリメラさまのお世話があるって、それを言い訳にして。

確かにそれは大事なことだけど、どこかでそれを理由に私は選ばれないと思っていたのです。

勿論、それは……前世の記憶もあって、恋愛に対して私が逃げ腰だっただけの話で、実際は縁くらいあったと思いますよ？

これでも子爵令嬢ですし、領地持ち貴族の長女ですし、王女殿下のお気に入りですし!?

(それでも、こんな臆病者の私がいいと、アルダールは言ってくれた)

いつだって好意を言葉で、態度で示してくれて、仕事を優先することもあるとなんてマイナスなことまで馬鹿正直に言っちゃうような人だけど。

そんな人だからこそ、好きなのです。

ああ、どうやったらこの気持ちを伝えられるのでしょう。

「お礼を言うのは、私の方なのになあ……」

苦笑したアルダールが、私の頬を撫でてそっと顔を近づけるのを見て、私は目を閉じました。

ちょっとだけ勿体なかったかな……なんて思ったのは秘密です。

だって、照れているアルダールは貴重ですからね！

（もしかして、いつも余裕綽《しゃく》々《しゃく》だと思っていたけど……本当は、彼も照れてたのかな）

触れるだけのキスだったけど。

それは今までで、一番甘ったるいキスのような……そんな気がしました。

幕間　幸せに溺れる

「……はあ」

なんとか気持ちを落ち着けて、私は自分の部屋で一人ため息を吐き出した。

受け入れてもらえた。

それも、何もない『ただの』私がいいだなんて！

（まったく、口説《くど》くつもりが口説かれているんだから参ったなあ）

それでも喜びでにやける口元がなかなか収まらない。

格好のつかないプロポーズの後に二人で食事をとって、明日の朝が早いからという理由で早々にユリアは部屋に戻ってしまった。

そうして部屋に一人になった私はぼんやりと、ただぼんやりとしていた。

（まるで夢を見ている気分だ）

嬉しくてどうしようもないなんて、この年齢でまるで子供みたいな自分がおかしくてたまらない。

だが、これは現実だ。夢なんかじゃない。

「旅行中に少しは挽回できればいいのだけれど」

こういうのはどちらがどうといったようなものではないとわかっているけれど、私はユリアから与えてもらってばかりだと思う。

だからこそ、もらった分だけの幸せを、彼女にも渡したい。

共に幸せであれるなら、それはどれだけ幸福なことだろうか。

（私なんかには、本当は勿体ない女性なんだ）

ユリアに話したことは全部本当のことだ。

ただ、話さなかったこともある。

何故、親父殿が彼女への求婚を渋ったのか、その理由。

ユリアはもう察しているのだろうか？

このことについてはあくまで親父殿の想像でしかないので、逆に彼女を困らせるかと思ってこちらからは口にしなかったけれども……この件については少し、調べてから話したいと思っている。

少しは調べたけれど、もう少しだけ確認したいことがある。

（……ユリアは私と共にあることを嬉しいと言ってくれた。だが、親父殿に言われたように……有能な彼女ならば、結婚相手は私よりも相応《ふさわ》しい人がいるんだろう）

いくら名門と呼ばれるバウム伯爵家の長男であろうと、所詮は庶子《しょし》だ。

貴族社会において、親父殿が当主であるうちはその庇護下にある長男。

だからこそ、周囲は私に対して表向きは遠慮もするし敬意も払う。

だが、いずれディーンが跡を継いだ時にはどうだろうか。

私は当主となったディーンの兄というだけの立場になるのだ。

剣を振るう才能以外では『次期当主のスペア』という存在でしか見られていなかった私と違い、ユリアには多くの名声がある。

生まれながらのご令嬢、領地持ち貴族の長女、王女殿下の信頼も厚く、職務においても忠実で若くして役職についているだけあって上位貴族たちにも顔が利く。

その上、ナシャンダ侯爵が〝ビジネスパートナーである〟とお認めになったこともあって、領の経営にもきっと富をもたらしてくれるのだろうと周囲からは目されている。

それらを考えれば、きっと……貴族家の嫡男たちが、喉から手が出るほど『妻として』求める女性に間違いない。

彼女には、その能力があり、それだけの価値がある。

「……ただの私、か」

彼女が望むなら、努力はいくらでも惜しまないつもりだ。

努力だけならいくらだってしてきた。これからだってしていこう。

爵位が必要だと言うならば、今後は自ら討伐隊に志願してその権利を勝ち取ってみせよう。

そのくらいの覚悟は、とうの昔に決めている。

勿論、それだって彼女が必要としたらの話だ。先走りすぎずに相談する心づもりではいる。

分家当主の道に進みたくなかったのは、私個人の問題。

だが、同時にこれはユリアにとっても良い話であると思っている。だから、騎士爵の道を突き進むつもりだし、そこは譲れない。

分家当主の妻はどう足掻《あが》いても分家の人間扱いでしかない。

貴族社会において本家と分家は大きく隔たりがある。

各家によってその扱いはそれぞれ違うだろうし、少なくともバウム家はそこまで格差をはっきりさせるような真似はしていない。それは代々そうだと聞いている。

だからこそ、バウム家は他の貴族家門よりも結束力が強いとか。実際のところはわからないが。

それでも外の連中から見れば分家は分家。本家の人間とは扱いが違うだろう。

おそらく、遠くない未来で嫁いで来られる王女殿下とユリアは、義理の姉妹として仲睦まじい姿を見せてくれるに違いない。

だが社交の場でユリアは……王女殿下の日陰者の扱いをされるだろう。

彼女は気にしないだろうが、それでも口さがない者に彼女が笑われることは許せない。

（ただの傍点分家当主な私では、ユリアを自由にさせてあげられない）

むしろただの騎士の方が、これからを望めるだけ違うように思う。

周囲の目など気にすることなく、胸を張って王女殿下と義理の姉妹としていられるように。

（まあ、それもこれも全部……これからの私次第だな）

ユリアをただの分家当主となる男、もしくはただの騎士爵に落ち着く男に嫁がせるくらいならばという動きがないと言い切れないのはなんとも歯がゆいことだ。

少なくとも、彼女の意思を尊重してくださる方々が殆どだということは理解している。

それでもファンディッド子爵はそうもいかないだろう。

今のところ、セレッセ伯爵という存在が横槍を入れてきそうな連中を牽制してくれているのだと思うと……はあ、面倒な先輩だし癪だがやはり頼りになる。

（本当は）

私が、全部。できれば、良かったのに。

こんな面倒な生まれでなくて、私も義母上の息子として、長男として生まれていれば。

ディーンが遠縁の連中から、私のことでいろいろと言われて悔しい思いをしていたことは知っている。気にするなと言ってもいつだって暗い顔をしていた。

兄を侮辱《ぶじょく》されて悔しいのに、何も言い返せずにいる弟はどれだけ苦しかったろう。

私が本当の意味で嫡男だったなら、弟にもそんな重荷を背負わせることもなかったのに。

（おかしな話だ）

早くディーンがバウム家の跡を継いでくれて、私を親父殿から……そして、あの家から解放してくれたらなんて思っていたのが、遠い昔の話みたいだ。

ほんの一年ほどで、自分がひどく変わった気がする。

それを思ったら、笑ってしまった。

「まあ、いいさ」

ユリアは、私を選んでくれた。ただの私を、選んでくれたんだ。

なら私は……彼女のその想いに応えられるだけの男でありたい。

騎士として生きる道を応援してくれた、彼女のために。

（……まあ、プロポーズ自体は格好つかないなりに成功したし、今は多くを望みすぎないで堅実に一つ一つ片付けていくしかないか）

彼女との仲を邪魔してくる者が現れないよう、キース先輩や王弟殿下にも頭を下げて回ろうか。

そういえば、ナシャンダ侯爵さまもお力添えをくださるとお声をかけてくださったし、ああ、ユリアの人徳に私がまた助けられている。

（私だけのユリアでいてほしいところだけれど。……ただ彼女でさえあってくれれば、それで）

それが自分のわがままだと分かっている。だから、言わない。

ユリアは私を選んでくれた。それで十分じゃないか。

（まずは彼女の了解を得られたのだから、親父殿に働きかけてファンディッド子爵家に婚約の申し込みをして……その後は顔合わせと、婚約の手続きを進めなくては）

以前も顔を合わせているから、ファンディッド子爵も私からの婚約申し込みに対して驚くこともないとは思う。だが、騎士爵の件を話したら不安に思われるだろうか。

ユリアの大切な親御さんなのだから、失礼のないように丁寧に書状を書かせてもらおう。

（親父殿はまだ私に言いたいことがあるかもしれないが、まあそれは先に義母上を通じてお願いするとしようか……面倒だしな）

なんだかんだ、親父殿は義母上には頭が上がらない。そこに頼ってばかりなのは申し訳ないが、もう少しだけこの捻《ひね》くれた父子関係に手助けしてもらおうと思う。

（婚約指輪はどうしようか）

近衛騎士として働いてそれなりに給与をもらっている身だ、たとえ分家の件がなくとも相応のものを買えるだけの蓄えはある。

一般的には貴族男性の場合、事前に用意して渡すサプライズが尊ばれるが……ユリアはどうだろうか？　自分で選びたいかもしれない。

（どちらでもいいって笑ってくれそうだけど）

ああ、あれこれ考えるのにやっぱり思い浮かぶのは、彼女が私の言葉に喜びを見せてくれたあの笑顔だ。これまで見たどの笑顔よりも愛らしかった。

あんなにも私の求婚に喜んでくれるだなんて、私は愛されている。

きっと断られることはないと信じていたけれど、内心かなりドキドキしていたことはしばらく秘密にしておこうかな。

これ以上みっともないところを知られるのはまだ恥ずかしい。

それと何度も夜に彼女の部屋を訪れたり、わざわざ町屋敷に彼女を泊めたりしたのが実は外堀を埋めていただなんてずるいことをしていた件については……まあ、そのうち許しを請うとしよう。

（ずるい男で、ごめん）

ああ、どうしてくれようか。

この胸の中を、甘ったるい何かが満たしている。

彼女の傍にいたい、抱きしめたい。

そう思う衝動のままに行動してはいけない気がして、早めに休みたいという彼女の言葉に理解を示したかのように振る舞ってはみせたけれど。

本当はあのまま、この部屋に留めてしまいたかった。

(信頼してくれているのはありがたいけれど、ああも無防備だとこれからが心配だなあ)

ああ、それでも。

まだ正式なものではなくとも、もう、彼女は私の婚約者だと思うと。

幸せだな、と口から知らず知らずに言葉が零れた。

幕間　噂話に花が咲く

王城内の使用人たちが生活する区画。

常日頃から忙しい彼らも休日があるのは当然で、城の敷地内にある使用人用の宿舎ではその日休みの者たちがめいめい楽しく過ごしている。

男女ともに使える食堂や、簡易的なサロンのようなものまで用意されているのは、さすが王城だと常日頃から使用人たちも鼻高々であった。

さて、そんな場所であるからこそ彼らにとって憩いの場であり、普段から多くの者が待ち合わせしたり、楽しく会話に興ずる場でもあるのだが、今日は一段と賑《にぎ》わっている。

それもこれも、つい先日とある騎士が侍女を半ば攫うようにして去った……という話題であった。

「ねえねえ、聞いた⁉」

「ねえねえ、見た⁉」

王城内で囁《ささや》かれるその声に、人々の口から伝わるその話に、老若男女《ろうにゃくなんにょ》が楽しげだ。

その様子に彼らの後ろを通るメイナの肩がピクリと揺れた。

人の噂話ほど娯楽になるのだから仕方がないと言えば仕方がない。

それも、つい最近も話題になったカップルがその話題の中心とならば尚のこと。

「王女宮筆頭さまをバウムさまが担いで攫ったんですって！」

「俺が聞いた話だと、姫抱きだったけど？」

「馬車に二人で仲睦まじく乗っていったって話だぞ？」

「きゃあ、逃避行⁉」

「ばっかだなあ、あのお二人はもはや王太后さま公認って噂だぜ！」

「噂は噂でしょう、バカねえ」

「ああ⁉」

楽しげに交わされるその噂話を横目に、メイナとメッタボンは苦笑する。

彼らは平民出身の使用人たちと同じ宿舎を利用しているため、今回の噂について詳しく聞きたい人々の目を盗んで行動しているのだ。

幸いにもセバスチャンが気を利かせて王女宮の中にある空き部屋を避難用に使えるよう準備してくれるとのことで、今はその荷物を持って移動している最中であった。

「まったく、バウムの旦那も目立つ真似してくれたもんだぜ」

「ユリアさま、大丈夫でしょうか」

「あの旦那のことだから、うちの筆頭侍女さまが涙の一つでも流せばすぐにいつも通りの紳士に戻ることだろうさ」

「ならいいんですけど……喧嘩したとかじゃないんですよね？」

「そうだとしてもあの二人だぜ？　すぐに仲直りしてるだろうよ」

「そう、ですよね。うん！」

二人の間に何があってこんな騒ぎになっているのか、メイナは知らない。

メッタボンも詳しい事情はわからないものの、どうせ二人が痴話《ちわ》喧嘩でもしたのだろう程度に考えているので周囲の噂好きには辟易《へきえき》する。

王城内で働くにあたって、たとえ下位の使用人であろうと守秘義務が課せられる。そのため、こういった恋愛ごとや小さな喧嘩、そういったものは身内で噂話をするしかない。それは彼らも理解している。

とはいえ、それらが否定的というよりはロマンス的な意味合いでの話題であるということから怒りの感情は二人ともないのだけれども。

近衛騎士として浮いた噂もなく女性たちの憧れであったアルダールと、真面目で多くの信頼を得ている筆頭侍女のユリアという組み合わせのカップルはこの王城で働く人々にとって理想そのものであったのだ。

主に、働く者にとって……というところだろうか。

女性は、主に素敵な男性に見初《みそ》められるという点で。

男性は、有能な女性が自分だけに見せるギャップがたまらないという点で。

実際あの二人が仲睦まじく王城内で過ごす姿は普段のそれとは異なっていて、とても幸せそうだと評判なのだ。それを見て羨《うらや》ましいという声がちらほらあがっている。

それだけ注目されている二人だけに、今回のことは話題にのぼりやすかったのだろう。

メイナは彼らの話に耳を傾けながら首を傾げる。

「それにしても、本当にバウムさまがユリアさまを担いで出ていったんですかね……？」

「噂じゃ姫抱きだったたって言うがなあ。どっちにしろ面白いことしてるよなあ」

メッタボンの冒険者としての実力を遺憾なく発揮して、他の使用人たちの目につかないように二人はコッソリとその場を後にする。

わいわいと楽しげに話す人々の姿に苦笑しつつも、二人は微笑ましさを感じて顔を見合わせて肩を竦《すく》めて笑う。

「どっちにしても普段のユリアさまだったら絶対いやがりますすね！」

「まあバウムの旦那がそうせざるを得ない事情があったんだろうよ」

「セバスチャンさんは何か知ってそうでしたけど」

「あの爺《じい》さんが素直に教えてくれるワケねえだろ」

「あー」

それもそうか！

そう笑うメイナの頭を軽く撫で、メッタボンは「急ぐぞ」と声をかける。

今頃王女宮では筆頭侍女不在の代理としてセバスチャンが朝礼を終えた頃だろう。

戻り次第仕事に取りかかるようにと言われている二人は、それぞれ今日の仕事について思いを馳《は》せる。やることはいつも通りだとしても、たくさんあることには変わりない。

「ユリアさまがいないからって失敗はできませんもんね！」

「おうよ。むしろいない時にヘマなんぞしてみろ、うちの筆頭侍女さまが心配しまくって出かけなくなるだろうから、バウムの旦那が王女宮に居着いちまうだろ」

「わあ、そんなことになったら近衛騎士隊から苦情が来ちゃいますねえ」

「だろ？　そうなってもらっちゃ困るから、おれたちが頑張らねえとな」

「はい！」

第四章　いざ、バウム領へ

私たちは翌朝、早くから馬車に乗ってバウム領へと出発しました。

昨晩はいろいろあってそりゃもうベッドの中でゴロンゴロンと……ごほん、もう気分はすっかり落ち着きました！

まあちょっと不透明なところはありますが、あれこれ疑問も解決しましたしそれはそれ！

きっとなんとかなるでしょう。

（なんにせよ、アルダールの気持ちが聞けたんですもの。それが大事だわ）

将来を共に歩みたいとか、騎士として生きたいとか……彼自身の希望を聞けたのです。

バウム家の長男としての言葉ではない、アルダール自身の言葉。

私にとって、これ以上大切なものは……たくさんありますが、まあとにかく！

それが！　大事なのです‼

（婚約者、かあ……いや、正式にはまだだけど）

油断すると顔が緩んじゃいそうです。気を引き締めないと！

婚約の申し込みは家格の高い側から用紙を送ることになっているので、バウム家から正式にファンディッド子爵家に手紙が行くわけですよね。

（お父さま大丈夫かしら……）

いや、アルダールとお付き合いをしているのは知っているし、大丈夫だと思うけど。

でもお父さまだしなあ、本物かどうか悩むだけで二、三日要しそう。

ううーん、だからって先んじて胃薬を送るってのもおかしな話よね……？

待て待て待ちなさいユリア、胃薬よりも手紙を送るのが先だわ！　落ち着け‼

「どうかした？」

「あ、いえ……アルダールと婚約したい旨《むね》を、お父さまに手紙で知らせておこうかと思って。大丈夫だとは思うけれど……」

「そうだね、ユリアから手紙があると子爵も心構えができて助かるんじゃないかな？」

「……お父さまに、騎士爵を選ぶつもりだって話も事前に書いておく……？」

「ああ、そうだね。……その方が、直接会った時に話がしやすいと思うし、お願いしようかな。それで反対されても、私は諦めるつもりはないよ」

普通に考えれば、庶子とはいえバウム伯爵家の長男に求婚されたと諸手《もろて》を挙げて喜ぶ事態ですが、アルダールが騎士爵を選ぶというなら話は別です。

私は気にしませんが、騎士爵はあくまで『貴族籍にある騎士』というものです。

だからその後は騎士として生きていく以外ないというか、国から爵位に準じた俸給が出る貴族と違って、得られるお給料は騎士としてのそれだけ。

立身出世が見込めるという点では夢があるんでしょうが……。

爵位有り貴族は国から規定の額が一年に一度支払われ、領地持ちは更にそこにプラスで領地運営のための資金も与えられます。陞爵《しょうしゃく》はなかなかないですが、生活は安定しているでしょう。

ちなみに爵位有り貴族の資産運用としては、それらの資金を元手に領地の運営に使い特産物を増やしたり、または商会の経営などの方法をとってさらに資金を増やすのが一般的です。

余裕を持った運営で税金を多く納めるか、ギリギリのラインを攻めて最低限の税金を払うかは当主の手腕次第ってやつですね。

アルダールの場合は既に近衛騎士として長く勤めていることもありますので、騎士爵になってバウム家からの援助がなしになったとしても十分暮らしていけることでしょう。

なんといっても近衛騎士隊はお給料がいいですし、私も役職持ちだけあってこの年齢にしては結構な額をいただいていると思いますよ？

二人暮らしならむしろ十分だと思います。

（そもそも私も別に贅沢したいわけじゃありませんし……別に困らないかなあ）

とはいえ、それをお父さまがどう思うか、ですよね。

名門伯爵家と弱小子爵家で立場の違いがあるとはいえ、アルダールも私も跡目を継ぐわけではありませんし……ただ、私たちがそういう形で結婚することを、周囲の貴族たちがどう思うかってのが問題です。

私たちがいくら幸せでも、しばらくは周囲が好奇の目で見てくるかもしれません。

対外的にはバウム家の当主公認の独立ってことになるでしょうし、アルダールも私も社交界に顔を出すような立場でもありませんから、気にするなと言われればそれまでですけどね。

ただその場合、社交界に顔を出すであろう両親と弟を思うと申し訳ないなあと……。

(とはいえ、うちのお父さまだったら娘の幸せを一番に願ってくれるはず！)

基本的には表立って反対とかはなさらないと思いますし、お義母さまも以前とは違うのできっと私の意思を尊重してくださることでしょう。

メレクに関しては……うん、きっと普通に喜んでくれる気がします！

なんたって私たちは仲の良い姉弟ですからね‼

(しかし、そうなるとやることは山積みだなあ)

申し込みが終わったら双方の当主で話し合いがあって、今度は両家の顔合わせでしょ？

それから貴族議会に婚約の書類を提出して……これってすぐに承認が下りるかどうかはよくわからないって話だけど、最長で一か月って話だった気がします。

派閥問題が発生すると面倒なことになるって聞いたことがあるけど……まあ大丈夫でしょう。

それよりも私にとって問題なのはプリメラさまです。

勿論、正式に婚約が調《ととの》ったとしてもまだまだ侍女を辞するつもりはありませんが、プリメラさまに対して周囲がまたなんやかんやと言って不安にさせないためにも私の口からきちんとご報告申し上げるのが筋ってもんでしょう。

（え？　結婚を申し込まれましたって報告するの？）

いや、お付き合いして将来的には私たちが結婚するだろうってプリメラさまは前に仰ってたし、普通に受け入れてくれるだろうけれども。

その前に私の羞恥心《しゅうちしん》ってものが限界突破しそうなんですけども⁉

（……いいえ、報《ほう》・連《れん》・相《そう》は社会人の基本。それを部下に教えている私が躊躇うわけにはいかないって前も思ったでしょう、こういう時も気合いで乗り切ればいいのよ！）

今更だって思われて終わるだけなんだから！

それが恥ずかしいんだけどねええ‼

「ユリア？」

「え？」

「どうしたんだい、難しい顔をして。……もしかして、ご両親に反対されそう？」

「あっ、いいえ、違うの！」

私の眉間に知らず知らずのうちに皺が……⁉

アルダールがすごく心配そうにこちらを見ているなんて全く気づきませんでした。

なんという失態！

「ご、ごめんなさい、そうではないの。きっと両親も弟も喜んでくれると思うけど、きっと驚くだろうなと思って……。私はほら、仕事一色で、そういった話題が一切なかった娘なものだから」

そうです、それもあって私とアルダールの関係がプリメラさまの婚約に関与したもの……つまり政略的な？　ハニートラップ的な？　なんて憶測が飛び交ったわけですしね！

これで私が恋多き女だったとか、それなりに異性交遊のある大人の女であれば、普通に交際に至ったのだろうと周囲も考えたはずです。

それがね、まるっきり色の〝い〟の字もなかった女だってのが問題なんだもんね！

王女の婚約話を機にその相手の兄であるイケメンと付き合い出すとか疑惑が出てもしょうがないっていうかね！　自業自得だってわかってますけど悔しいな‼

こっちゃ相思相愛なんだぞう！

（今更ながらホント……人生って不思議）

そもそも転生とか前世とか、しかもそれが自分の知っているゲームと酷似している段階で不思議以外の何物でもないんだけど。

（美人でもなんでもない私がアルダールの心をもらえるなんて、意外と前世では徳でも積んでいたのかしらね）

……いや、ないな。それは絶対にないな……。秒で否定できるわ！

どうやってもただの社畜人生しか思い出せない‼　……ヤダ辛い。

（まあ、そもそも）

横に座るアルダールにちらりと視線を向けると、にこっと笑みを見せてくれます。

うん、そういうとこだぞ！

それはさておき。

アルダールはモテる。それは周知の事実。

この世界における美人の条件、金髪とか碧眼《へきがん》とか……それ以外にもスタイルの良さとか、ありとあらゆる美女に言い寄られる側だったわけでしょ？

だからといってはなんだけれども……。

私がまたちらりと視線を向けると、アルダールは不思議そうな顔をして首を傾げていました。

可愛いかよ！

（美人の見過ぎで私のことが珍しかったのかと思ったこともあったっけ……）

今はそんなこと微塵《みじん》も思ってませんけどね！

ちゃんと愛されているって自覚しておりますとも‼

「……結婚が許されたとして、いつになると思う？」

「そうだなあ。……ディーンたちより前に結婚しろと言われるんだろうなあ」

結婚するまでに婚約期間を最低でも一年持つこと、それがこの国では暗黙の了解です。

恋愛におおらかなところがあるので、王族とそれに近しい高位貴族は処女性を重んじてはいるものの、それ以外の人たちは案外そうでもないというのが大きい理由でしょうか。

要するに、婚約期間中に妊娠がわかって当人たちに心当たりがあるかどうかで結婚について考えなさいって話なんですよ。ええ、なんとも生々しい話ですね！

（まあアルダールが言うように、プリメラさまたちのご成婚より前に私たちは結婚して独立しろって話になるんだろうなあ）

分家となるとまた話が微妙に異なるのかもしれませんが……たとえばですけど、次期当主の結婚を優先して、婚約者を侍女として差し出すとかね。

それについては貴族社会の間でもいろいろと風習やらなんやらの微妙な兼ね合いがあるようなので、一概《いちがい》にこうだと言えないのが難しいところですね！

「私たちの結婚式は、家族と……親しい友人とで、きっとこぢんまりとしたものになると思うんだ。その、申し訳ないけど」

「いいえ！　その方が私も嬉しいから」

アルダールは申し訳なさそうにそう言ってくれますが、逆に申し訳ないですけど私は本心からこぢんまりしたものであってほしいと思っています‼

だってほら、結婚式って教会でお互いに誓い合って神に認めてもらうってものなんでしょうが、それ以外にもお客さまたちに新郎新婦をお披露する目的な意味合いもあるじゃありませんか。

そんな、緊張感にこの私が耐えられるわけがない‼

(社交界に出るのでさえイヤだったんだから！)

騎士爵なら社交界だって滅多にお呼ばれされないですし、仕事をしているからって奇異な目で見られることもないでしょう。

ええ、ええ、アルダールったらわかってらっしゃる！

独立とはいえバウム家と仲違いしたわけではありませんから、プリメラさまとも親戚になれる上に社交界にはそう顔を出さずに済むっていうね。

その状況、私にとって最高すぎじゃありません？

近衛騎士隊関連でまったく社交界に出ないというわけにはいかないでしょうが、それでも分家当主の妻という立場よりもずっと気楽じゃありませんか！

（……プリメラさまが、お嫁に行かれるまでは侍女としてお仕えするとして）

おそらくアルダールは結婚しても働く私に、いやな顔なんて見せないでしょう。

むしろ私らしいからって働くことを推奨してくれるに違いありません。

（そもそも働くこと前提で考えてくれてたみたいだし……）

専業主婦の自分とか、想像できません。

お義母さまみたいに家を全部取り仕切るとか、家のことをピッカピカにしてあれもこれもなんてできちゃう人を逆に尊敬してますよ。あれ、すごくない？

かといって、独立した以上プリメラさまのお傍にいたいからってバウム家の侍女として雇ってほしいなんて言えないし……うん？　私、先のこと考え過ぎだな？

「ユリア、……本当に大丈夫？」

「ごめんなさい！」

私ったらまだ浮かれているようなので、どうか大目に見ていただきたい‼

とりあえず将来に夢を馳《は》せ……夢、ではないな……？

まあともかく、将来のことなんて漠然としつつも考えたりなんかしちゃったりして！

いいじゃないですか、ちょっとくらい妄想したって。

まだ口約束レベルですけど婚約したばっかりって、ほら、良く一番楽しい時期とかいうじゃありませんか！　何もかもがキラキラして見えますよ！

（あれ、でも学生の頃は片思いの時が一番楽しいとか、大人になると子供の頃が一番楽しいとか、結局じゃあ何が正解なのかしら？）

きっと正解はないんでしょうね！　いつだっていいんですよ、楽しければ。

まあ、それはともかくとして。

出発前日はあんなにもギスギスしていた気持ちはどこへやら、私が見ている世界は今、何もかもが輝いています。世界よこんにちは‼

浮かれててごめんなさい！

アルダールもあれこれと話したかったことの殆どを語れたからでしょうか、肩の荷が下りたのかとても穏やかな顔をしています。

あれよね、プロポーズも無事に成功したってのもあるよね。

多分誰が見ても私たちは浮かれていたに違いありませんが、いつかは笑って話せるものでしょう。

（とはいえ、まだ……アルダールが幼少期に過ごしたという家を見に行くんだから、気合いは入れておかなくっちゃ）


私たちは途中観光しつつも、予定通りバウム伯爵邸に到着いたしました。

領主の館は当然、領地の財産の一つとして国から与えられているもの。

さすがに土地と館に関して売り買いは許されておりませんが、領主が予算を割いて増築したりするなどの裁量は委ねられているのです。

だからその領主ごとによって規模や建物の様式など、趣《おもむき》が出やすいのですが……。

（全っ然違う！　当たり前だけど違いすぎて話にならない!!）

いやあ、実家の子爵邸と比べちゃいけないですね！

あの借金騒動の際には基本規模の子爵邸ですら維持するお金をどうしたらいいのか……なんて考えていたものですが、ここを見ると同じ領主の館だなんて口が裂けても言えません。

だって、ええ、なんというか。やはり名門伯爵家、規模が違いますよ。

ここが王族の別宅だって言われても、驚かない。

そんなレベルなんですもの!!

城下に構えていたバウム邸だってとても立派でした。でもその比じゃないんですよ。

（はー、ここにいずれはプリメラさまが女主人として……確かに、責任が重くのしかかりそうな気がする……）

まあプリメラさまだって生まれた時から高貴なる身分ということで、他国に嫁ぐ可能性も踏まえてありとあらゆる学問に、社交術にと学んでこられてますし!?

たとえ建国当初から続く由緒正しきお家に嫁ぐのであっても何ら不足があるとは思いません！

ただほらね、学んだことと実際に行うことは別だよって話です。

誰だって初めての時は緊張するじゃありませんか。私が心配しているのはそういうことです。

（そう考えると、たとえ分家であろうと私にはバウム家の女主人なんて柄じゃないなあ。アルダールが騎士爵を選んでくれて大分肩の荷が下りたような気がする）

いやいや、アルダールが騎士爵を選んだのは彼の意思だし、この結婚はあくまで私たちの関係が貴族たちの柵《しがらみ》によるものではないということです。

だから私が女主人をやりたいか・やりたくないかの問題ではないんだけども。

ともかく、私がバウム伯爵家の本邸にびっくりして動けずにいると、アルダールがくすくす笑って手を引いてくれました。

うっ、口を開けっぱなしになんかなってなかったと思うけど……大丈夫か、こんな調子で！

大勢の使用人たちに出迎えられた先、ホールではアリッサさまが待っていてくださいました。

「まあまあユリアさん！　遠いところをようこそ。さあさあ、サロンにお茶を用意させたわ。マカロンはお好きかしら？　それとも氷菓子の方が良いかしら？」

「これはアリッサさま、お出迎え恐縮にございます。この度はお招きをいただきまして……」

「あらいやだ、固い挨拶なんてなさらないでちょうだい！　アルダールも、おかえりなさい」

「義母上、ただいま帰りました」

私たちを玄関先まで、バウム伯爵夫人であるアリッサさまがお迎えに来てくださいました。

以前、お名前を呼ぶ許しを得ていたので、今回こそは子爵令嬢として完璧にご挨拶をと意気込んでいたんですが……。

アリッサさまがちょっぴりむくれた様子を見せるのが可愛らしくて、思わず微笑ましくなってしまいました。いやあ、まさしくウェルカム状態です。

しかし、アリッサさまは私のお義母さまよりお年が上なはずなのですが……なんて可愛らしいのでしょう！　これはバウム伯爵さまがメロメロなのも理解できますね。

(私の周囲、年上の方々が悉《ことごと》くかっこいいか可愛いかだな……何か秘訣があるんだろうか)

ほら、お針子のおばあちゃんとか、もう可愛いが服を着て歩いているみたいじゃないですか。統括侍女さまも大変凛々《りり》しくて憧れますし！

ビアンカさまは普段はかっこいいのにお菓子を前にしたら途端に可愛くなるし……王太后さまは言うまでもなくかっこいい。かっこいいの化身。

「義母上、先にご報告したいことがあるのですがよろしいですか？」

「……ええ、いいわよ」

サロンに着いて私たちの前にもお茶が給仕された時でした。

バウム家の侍女たちが下がったのを見計らって、アルダールが口を開きました。

思わずドキッとしましたが、そうですよね、後回しにして良い話ではありません。

「昨日、ユリア・フォン・ファンディッド嬢に求婚し、受け入れていただきました。無論、騎士爵になることを話した上で、納得してもらっております」

「……そう、そうなのね。おめでとう、アルダール！」

アリッサさまは、アルダールの言葉を受けて穏やかに微笑みました。

もっとはしゃぐのではとどこかで思っていたから、少しだけ驚いてしまいましたが……その目に、うっすらと涙が光るのを見て……なんだか私の胸もいっぱいです。

「それから、ありがとう、ユリアさん。これからもよろしくね」

「えっ、いえ、その……不束者《ふつつかもの》ですが、どうかよろしくご教授いただければと……」

動揺して思わず変な回答をしてしまいました！

なんだか感動的な場面のはずなのに、私ったら……なんてことでしょうか。

ですが、アリッサさまはそんな私の言葉にキョトンとしてから朗らかに笑ってくださいました。

「まあ！　ふふ、そんなにかしこまらないでちょうだい。わたくしは嬉しいの。……この子が、自分で望んで幸せを手に入れたことが本当に、本当に嬉しくて……。それを叶えてくれたのが貴女で、感謝してもしきれないわ」

「感謝……ですか？」

「ええ、貴女はアルダールの凍った心を解かしてくれて、わたくしたち家族の縁を繋いでくれた。それだけでなく、望みを持たせてくれた」

アリッサさまの言葉の意味がよくわからなくて、私は首を傾げるしかできませんでした。

確かに、まあ、なんて言いますか。

私とお付き合いすることになってアルダールがそれをきっかけに家族と向き合ったとかそういう部分はありましたが、望み……とはなんでしょうか。

（騎士として生きたい、っていう、やつ……？）

ちらりとアルダールの方へ視線を向けると、彼はどことなく難しい表情をしながら紅茶を飲んでいました。私の視線に気づいているはずですが、そろりと逸らすではありませんか。

あ、いや違うな、気まずいんじゃない。これは照れていますね！

だって耳が赤くなっているではありませんか‼

（それでもアリッサさまの言葉を遮らないのは、彼にとってもアリッサさまが喜んでくれているのが嬉しいから、かな……？）

「以前にも話した通り、アルダールとわたくしたち家族には、問題がありました。それは夫が男親として息子への接し方を誤ったから生まれた誤解ではあったのだけれど……」

アルダールは、バウム家のためだけに生かされているかのように思っていたので、彼自身の望みを持っていませんでした。

騎士になりたいと願ったのは、少しの間だけでも良いから家族と距離を置きたかったから。

近衛騎士になったのは、その剣の腕を見込んでバウム伯爵さまがそう決めたから。

それらをアリッサさまは淡々と告げ、アルダールはそれを否定しませんでした。

「いずれは夫が言うままに、バウム家のために結婚だってしたのでしょうね。だからこそ適度に恋愛を楽しむような気持ちにはならなかった」

アリッサさまの言葉に、私はとても微妙な気持ちになりました。

確かに、バウム伯爵さまに言われてお見合いみたいなこともしたって言ってましたしね……。

そもそもアルダールは父親が女性関係のトラブルを起こした結果、自分が生まれたと思っていたわけで……そしてそれはまあ、複雑な事情があったにしろ事実でもあるんですよね。

そういう点でもアルダールはきっと『気軽な恋愛』ってものに対して良い感情は抱いていないと思うんですよ。生来《せいらい》の真面目な気質も関係していると思います。

「バウム家のために結婚する未来しか、当時のアルダールにはなかったんだわ。その結果がこれだもの。夫と同じく堅物だなんて言われて、それが嬉しくもあり……悲しくもあったの。でも、貴女に出会ってこの子は変わったわ」

目を瞬かせるしかできない私は、思わずアルダールを見ました。

アルダールもどことなく落ち着かなそうではありましたが、私の方をしっかりと見てくれました。

「……もしかして、付き合った頃から、結婚を見据えて心をくれていたの……？」

そして、私は思ったままに考えを口に出してしまったのです。

言ってから、やっちまったな！　って思いましたがもう遅い‼

落ち着け、私！　いやもう声に出しちゃったものはどうしようもないな⁉

「ああ、うん……いや、確かにそうなんだけど……」

歯切れの悪いアルダールに、私も自分がなんてことを仕出かしたのかと居たたまれない気持ちです。ええ、そうですねコレに関しては私が悪いです。

私ったらなんというううっかりを発揮したのでしょう！

「ご、ごめんなさい。今聞くような話題じゃなかったですね……」

いやいや違うだろ私！

そいつは今聞くような話題どころかなんなら今後も聞いちゃだめなやつー！

アルダールも困っているじゃないですか……ああ、なんてことでしょう。

オロオロする私たちの様子を見て、アリッサさまは呆れるでもなく微笑ましそうに見ているだけで、助けてくれる雰囲気ではありません。

(どうしたもんだ、これ)

自業自得なんですけどね！

アルダールの方も動揺はしているのでしょうが、頬を染めつつ咳払いを一つ。

困ったような微笑みを向けるから本当に申し訳ございません。

「ええと……とりあえず、その件についてはまた後で。義母上の前では少し、ね……その、話しづらいから」

「あら、わたくしのことは気にしなくて良いのよ？」

「義母上」

「いいじゃあないの。貴方がユリアさんに想いを寄せてから、ここまで漕ぎ着けるのにいろいろと努力をしていたって知ってもらっても問題ないと思うけれど……」

アリッサさまのその小首を傾げる仕草は大変可愛らしいですが、言っている内容が私としては引っかかるところですね！

えっ、なんだなんだ。いろいろって何をしていたんでしょうか？

（いや、アリッサさまのお言葉から察するに、アルダールは家のために結婚するつもりだったから、恋愛はする気がなくて……でも私のことを好いてくれて今に至るのよね？）

そんな彼だから、恋愛するなら『結婚を前提に』ってなった。

うん、そこまではわかった。

まあ恋愛観に関してはなんとなくそうだろうなとは思っていたけど、結婚観に関しては何も知らなかったから、びっくりしすぎてポロッと言葉が出てしまったわけですが……。

（……結婚するために、何を努力したんだろう？）

どういう意味かわからなくてアルダールを見れば、困ったような視線が向けられました。

私がその意味を図りかねて今度はアリッサさまの方へと視線を向ければ、とても良い笑顔を返されました。サムズアップ付きで。

いや、だからどういうことだってば。

「なんだったらわたくしが説明してあげましょうか？」

「止めてください、義母上……」

「ふふ……ええ、ええ、ちょっと意地悪がすぎたわ。ごめんなさいね、アルダール。でも息子のことをこうやってお嫁さんの前で突っつくの、夢だったんですもの！」

「……本当によしてください」

げんなりとした様子のアルダールになんとなく同情しますが、アリッサさまに『お嫁さん』って言われた私としては内心動揺が。

いやあ、うん、婚約すると決まったからといって、相手のお母さまから『嫁』って言われるとなんだか現実味があってドキドキしますね！

「ねえユリアさん、そのうち王女殿下もお誘いして内輪のお茶会をしたいのだけれど……貴女も参加してくれないかしら？」

「え？　は、はい。勿論でございます」

「ありがとう！　うふふ、将来、お嫁さんに来てくれる二人と一緒にお茶だなんて夢みたいだわ。息子たちの話をたくさんさせてちょうだいね！」

「……楽しみにしております」

いやそれは本当に。

アルダールが自分でも知らない、そんな彼の幼少期の話を聞かせていただけるならば是非！

きっとプリメラさまだってディーンさまのことをもっと知りたいでしょうし、お喜びになるのではないでしょうか。

そんな私をよそにアルダールはげんなりした顔をしていますけどね‼

「さて、もう少しゆっくりお話をしたいところだけれど……あまり二人の時間を邪魔しては息子に叱られてしまいそうだから、最後に忠告を」

「忠告、ですか？」

「ええ。息子からすでに聞いているかもしれないけれど……貴族の結婚は横の繋がりである以上、アルダールが騎士爵を選ぼうともバウム家との繋がりを望む人間は大勢います。そしてバウム家から独立した息子よりも与《くみ》しやすいだろうと、貴女に近づく者もいるはずです」

「……はい」

アリッサさまはそれまでの優しい表情から一転、厳しいバウム伯爵夫人のお顔を見せました。

それはどこかもの悲しげでもありますが、凛《りん》としていてやはり素敵です。

「騎士爵となり我が家から独立しようとも、アルダールはバウム家の長男であることに変わりません。そのことでよそから文句を言われる筋合いはないので、そのことについては気にしなくて良いけれど……きっと貴女の周りも少しだけ、騒がしくなるかもしれないわ」

「承知しております」

そうです。円満な独立ならそれはそれで、バウム家との繋がりを得るためにこれまで話しかけられなかった立場の人たちがアルダールに群がることでしょう。

そしてアルダールよりも先に、弱そうな私を押さえようとすることもあり得ます。

でもそれは想定済みです！　任せて、侍女教育の中に似たようなのがありますから‼

まあ主君のために足枷《あしかせ》にならないようどう対処するかってやつなんですけど……それを応用すればいけるような気がします。多分。

「……そう、ならいいの。ごめんなさいね、心配性で」

「いいえ、ありがとうございます」

どこかホッとしたような笑みを浮かべるアリッサさま。

心積もりをしておけという忠告なのでしょう。うん、まあそんな気はしていましたからね。

確かに私も浮かれてはいますが、貴族令嬢としての教育も、貴族社会を一歩引いて見ることができる侍女としての立場と経験もありますので、その辺りは割と理解できていると思います。

勿論、理解できているからといって、令嬢として常に対処が万全であると胸を張って言うことはできませんが……。

それでも『こんなことになるなんて知らなかった！』と嘆いたり慌てたりはしないよう、気をつけたいと思います。

「それじゃあアルダール、わたくしはファンディッド子爵家へ婚約申し込みの手紙を書いてきますから、寛《くつろ》いでいてちょうだい」

「お願いします、義母上」

「えっ、もうですか⁉」

善は急げと言わんばかりに立ち上がったアリッサさまは張り切っておられます。

アルダールはしれっとなんでもないことかのように受け答えしていますが、私は驚きです。

「こういうのは変な横槍が入る前に行ってしまった方がいいの。あの人には一応許可は取るつもりだけれど……先に用意をしておいていつでも送れるようにしておきたいわ。アルダールも手紙ができたら一筆ちょうだい？」

「わかりました」

「それじゃあユリアさん、我が家と思って……というのは難しいかもしれないけれど、寛いでちょうだいね！　アルダール、一応婚約前なんですからドアは開け放しておくのよ？　いいわね？」

「わかっていますよ、義母上」

苦笑するアルダールですが、念を押したアリッサさまは満足そうです。

いやあ、母は強し、ですねえ……。ちょっと違う気がしますが。

それにしても、もう婚約の申し入れとは予想よりも展開が早すぎて。

私もお父さまへ手紙を書くつもりですが、申し入れの方が先に着いてしまいそうな勢いです。

もういっそのこと、申し入れの手紙が届いた後に胃薬と一緒に届けた方がいいのでしょうか……

悩ましい問題ですね！

「あー……ユリア。言い訳だけしてもいいかな」

「アルダール？」

「ええと、先程の件なのだけれど……」

侍女さんも執事さんも下がって、ドアが開いているだけの部屋というのは……あれ？　これって結局二人きりと何が違うのかな？

そんなことをボンヤリと考えながら、私はアルダールを見ました。

彼は困ったような表情を浮かべたまま、こちらをじっと見ていたかと思うと目を逸らしてしまいましたが。耳が赤いですよ！

「その。結婚は、割と早くから意識していたというか。……付き合うなら、きみのような人がいいなと思ってから、きみじゃないといやだと思うようになって……うん。どうせなら、ユリアが何も心配いらないようにと……まあ、それを、義母上は努力と言っていたんだ」

「そう、だったん、です、ね？　あれ、じゃあ……以前、アリッサさまにせっつかれた時に言葉を遮ったのって」

「言っただろう？　周りに流されることなく、ユリア自身の意思で、私を選んでほしかったって」

以前、町屋敷でアリッサさまが私に対し『いつ嫁にくるのか』と訪ねて来た時、アルダールが強めに言葉を遮ったことがありました。

そしてそれに対して、アルダールは結婚をしたくないんだろうなってその時の私は思ったんですが……ああ、なんてことでしょうか。

本音を聞かされると、彼の中ではとっくの昔に私との結婚を視野に入れていたっていうか、もう決定事項だったってことなんですね。

「ああもう、格好悪いところばかり見せているなあ……こんなはずじゃなかったんだけど」

そんなことないって、そう言いたかったんですけど。

なんだか胸がいっぱいで、私はアルダールの手をそっと握りました。

こんな時に言葉は上手く出ないけど、私の気持ちが伝わりますようにと願って。

「……アリッサさまは本当に素敵な方ね。ねえアルダール、ファンディッド家へアリッサさまがお手紙を書くなら私もお父さまへ手紙を書きたいのだけれど……」

「部屋に便箋《びんせん》を用意させるよ。……ところで、義母上とお茶会をする際は必ず私に一声かけてくれるかな？」

「あら、それはアリッサさまにお伺いしないとなんとも言えないわね！」

私の言葉にアルダールは苦い顔をしたけれど、すぐに諦めたように笑ってくれました。

アリッサさまから見た愛息子《まなむすこ》の話、楽しみだなあ！

さて、正式な婚約の申込書をアリッサさまが書き上げて、後は当主のサインを待つのみという状態で私たちもその書類一式の確認をさせてくださいました。

王城にいらっしゃるバウム伯爵さまの許可を得たら、当主代理としてアリッサさまがサインや押印《おういん》をして、ファンディッド家へ送るのだそうです。

基本的には誰が、誰に婚約を申し入れるのかといった、提案書みたいなものなんですけどね！

アルダールも確認して自分の名前をサインしていて、すごくこう……実感がですね‼

（ただ書類にサインしている姿を見ているだけで照れるとか、こんなことってあるんだ……）

自分でも驚きですよ。

アルダールから言葉も態度ももらっているというのに、こうして書類にサインをして私の親にご挨拶したいというメッセージカードを添えている姿を見ると、本当なんだなあ……って、より感じると言いますか。実感マシマシです。

「それじゃあ書類はこちらで預かるわね。そうそう、ユリアさんのお部屋は準備できているけれど……そうだわ、晩餐まで二人で庭園を散策してきたらどうかしら？」

「わかりましたよ、義母上」

「ふふふ、二人の邪魔をするほど野暮ではなくてよ」

「はいはい」

「ああ、でももう少ししたらディーンが帰ってくるから、その時は少し話に付き合ってあげて。久しぶりに挨拶ができて、きっとあの子も喜ぶでしょうから」

アリッサさまが笑顔で出て行きましたが、今度は晴れやかな優しいものでした。

いえね、先ほど書類を確認している際にアルダールが『そういえば』なんて世間話をするかのように王城でバウム伯爵さまと私が面会した話をしたんですよ。

私としては泣きじゃくってごめん寝しちゃったきっかけの思い出話にも繋がっているので思わずびくついてしまいましたが、アリッサさまの笑顔を見て別の意味でビクッとしたのは内緒ですよ。

ええ、ええ、あの時にアリッサさまとは決して争うまいと決めました。

勿論そんなことは起こり得ないとわかっていますが！

（まあ、私のために……というか、アルダールのために怒ってくれたんだと思うけど）

あの日だまりのような笑顔を浮かべるアリッサさまから地を這《は》うような声で『そう……あの人ったらまた余計なことを……』とかいう台詞《せりふ》が聞こえるなんて思わないじゃないですか……。

「それじゃあ後のことは義母上に任せて、私たちは庭に行こうか」

「え、ええ」

「手紙を先に書きたいなら、ここに便箋を持ってこさせるけど」

「いえ、後でいいわ。もう少し気持ちを落ち着けてからの方がいいと思うから。……その、今はまだ、ちょっと、胸がいっぱいで」

だってプロポーズされてまだそんなに時間が経っていなくて、あれよあれよと今、正式な婚約を調えるために準備が進んでいるんだとしてもね。

こちとら手紙を書けるほど冷静になんてなれないんですよ！

なんたって人生にそう何回もある状況じゃないんですからね！

いや、何回もあってたまるかって話なんですけど。ないのがいいです。

とにかく気持ちを落ち着けたいってのは本当のことなので、庭園を散策、いいじゃないですか。

アルダールにエスコートされて出た庭は、デザインされた生け垣が多い印象でしょうか。

左右対称に配置された庭木や落ち着いた色合いの花が整然としている様は、圧巻です。

（ナシャンダ侯爵さまのところも圧巻だったけれど……）

あそこはどこまで行っても薔薇、薔薇、薔薇、生け垣もすべて薔薇という圧巻具合でしたが、こちらはどことなく無骨な印象がありますね。

さすが武門の一族といったところでしょうか。

「王城の庭を見慣れていると、少しばかり寂しく見えるかもしれないね」

「そんなことないわ。とても素敵だと思う」

「そう言ってくれると庭師が喜ぶよ」

「ご当主さまの性格とか、家柄を庭が表すと言うけれど……なんだか安心感のあるお庭よね」

「……」

「アルダール？」

二人で庭を散策しながら他愛《たわい》ない会話を楽しんでいると段々とアルダールの口数が減ってきました。そして、ついには黙り込むだけでなく立ち止まってしまったではありませんか。

別にそれまでの会話が不穏なものだったとか、誰かに監視されているなんてことはありません。

なんていうか、ソワソワしている……？

そんな彼が珍しくて、いやもうここに来るまでずーっと私が知らなかった表情をたくさん見せてくれているんですけどね？　今回もそんな雰囲気で思わずジッと見つめてしまいました。

どうしてこの世界、カメラがないんでしょうね。本当にもう。

私が心の中で悶絶していると、アルダールは意を決したようにこちらを見ました。

本当に珍しいことですが、とても恥ずかしそうではありませんか。

なにそれ、なんでそんな可愛い表情してるんですかね私の恋人は‼

「あー、ええと……その、今更だけれどいくつか、話しておきたいことがあるんだ」

「え？」

「結婚は最初の方から意識していたし、きみに自分の意思で選んでもらいたかったと言った」

「え、ええ。そうね？」

それはさっき聞いたけれど……なんでしょう。

アルダールはなんとも困ったような表情を浮かべて視線を彷徨《さまよ》わせたかと思うと、私の頬を撫でて口を開きました。

「その、これまできみが断りにくい状況を作り出していた部分もあって……それをやはり謝っておこうと、思って……」

「断りにくい状況？」

「うん。その、夜にユリアの私室にわざと行ったり、泊まりがけで今回のことを強行したり。クーラウムが恋愛に寛容だと言っても、やはり貴族である以上醜聞はつきまとうだろう？」

「……そう、ですね」

「恋人たちが二人きりの状況であると考えれば、その……深い関係だと考える人が大半だ。そうなると、将来的には結婚するのだろうと周囲は考える」

「え、ええ……そう、ね」

言われて私は目を瞬かせました。

いや、うん。

（まあ確かに、そうだね……？）

私も今まで何度も『恋人だし、問題ないか……』って私も軽く考えていたところはあります。

多少は周囲からもそういう目で見られているんだろうなあとは思っていましたし、アルダールと付き合う上で妬《ねた》み嫉《そね》みからの謂れない噂も含めて醜聞を覚悟していたんですが……。

なるほどなるほど、アルダールも自覚はあったんですね？

いえ、むしろ自覚があってそれを利用していたと。

ほほう……。ほほう？

「アルダール」

「うん」

「私、随分と不安だったんですよ、これでも」

「……うん」

「アルダールは結婚したくないのだろうなとか、それならそれでいいかなとか。周りに確かに急《せ》かされたりする際には私も焦ったり取り乱したりもしたと思いますし、アルダールが心配していたことは正しいと思います」

「うん、……その、ユリア、口調が」

私が侍女モードでの喋り方なことに、アルダールが本格的に困り始めました。

その表情を見て、私は意図的に笑みを浮かべてみせました。

私が笑ったことに安心したのでしょう、途端にホッとした顔を見せるアルダールに本格的におかしくなってしまいましたね！

ああ、本当に私の恋人は不器用で、可愛らしい人です。

私も劣らずきっと不器用なんですけどね……！

「アルダール」

「ごめん。最初から結婚を意識して、そんな立ち回りばかりして。その上、待たせてしまった」

「……それはいいんです。バウム伯爵さまのお許しが必要だったのは、確かですから」

おそらく……口約束だけの『いつか』でも、私はすぐに答えを出していたことでしょう。

そのくらいに今は彼のことを好いていると自信を持って言えますよ！

それでも、その口約束すら当主の意向を伺わねばならないのですから……貴族社会というやつは本当に厄介です。

特にアルダールの立場の複雑さったら。

ため息ものですよね‼

「……私は自分で言うのもなんだけど、随分と厄介な男だろう？　自覚はしていて、自分でもどうかなとは思うんだけど……。それでも、どうしてもユリアを諦めるという選択肢はなかったんだ」

諦める？

その言葉を聞いた瞬間、私は反射的にアルダールの手をぎゅっと掴んでいました。

「ユリア？」

アルダールを見上げれば、彼はとても驚いた様子でした。

まあそりゃそうですよね、この状況なら私が怒ってもいいわけですし。

「……私はもっと望んでもいいの？」

でも、私が思うのは別のことです。

アルダールが望んでくれて、ずっと想ってくれていたという事実が、こんなにも嬉しい。

正直に言えば、アルダールの行動ってまさしく『重い愛』ってヤツですよね。

なんかこう、囲い込まれてたんだなあと話を聞いて理解しましたよ！

（……それを全く理解していなかった自分の鈍さにも笑いが出そうだけど）

言い訳をするならそんなもんと一切縁がなかったんだからしょうがないじゃないですか！

美人の条件を満たしていないし、行き遅れだし、ボンキュッボンでもないし⁉

前世のことも相俟って、恋愛から目を逸らし続けていた女に男女の機微に聡くあれなんて無理難題を言わないでいただきたい。

「望む……?」

「アルダールの気持ちが、嬉しいと言ったら……」

掴んだ手に、力を込めてアルダールを見上げれば……彼は目を丸くして私をただ、見つめていました。その目には、ただただ純粋な驚きだけが見て取れます。

「そんな私は、いや?」

絆《ほだ》されたのか、それとも私が他を知らないからなのか。

でも、一つ言えるのは。

この恋は、私が私自身で選び、育てた恋なのです。

だからこそ彼からもらえるその感情のひとかけらであろうと、取り零したくないと思うのです。

「それでも、私はアルダールが好きだから、きっと離してあげられない」

「……離さないでくれると嬉しいよ」

私の勝手な物言いに驚きつつも、彼は微笑んでくれました。

指を絡めるように繋ぎ直した手をぎゅっと握って、アルダールは私を抱き込みました。

「まあ、とっくの昔に私の方が参ってる」

そして囁くようにそう言ったかと思うと、大袈裟《おおげさ》なくらい大きなため息を吐きました。

えっ、ひどくない?

しかし彼の表情はどこまでも優しくて、それが全てを物語っているような気がしました。

「明日は……私が育った土地に行こう」

「ええ」

「それから王城に戻って、いろいろと報告しなくちゃいけない」

「そうね」

「……忙しくなるね」

「でも、嬉しい忙しさだと思って頑張りましょうね」

全部、これからのためですからね！


バウム家で客人として迎えられたお部屋はそれはもう……それはもう！

いやあ、王宮に匹敵するお部屋って本当にあるんだね！

ビアンカさまのところにお茶会に行った際にも思いましたけど、お金があるところにはあるんだよ……いやそう言うとなんか俗っぽいんだけども。

だって！　お部屋のあっちこっちがふかふかで！

ナシャンダ侯爵邸で侍女としてお世話になった時でさえ感激したけど、バウム家の客室、そう、私ってば客人扱いですから⁉

おそらく、その客人用の部屋の中でも格式の高いお部屋ですよここは！

（ああ、こんなすごいのに慣れちゃったら元の生活に戻れるかしら……）

そうですよね、『お客さま』なんだから侍女たちよりも数段上のお部屋が用意されるのは当然な

上に、アリッサさまからしたら可愛い息子のお嫁さん（仮）ですものね‼

（ほわああああ、歓待されているんだ、うわあああああ）

表面上落ち着いて見せてますけどね、ほら、案内してくれたバウム家の侍女さんたちを前に醜《しゅう》態《たい》は晒せませんからね！　根性で耐えてますけど内心はお祭り騒ぎですよ。

いつもはプリメラさまにお仕えし、常にお傍で控えている身の私が今は逆パターンという、落ち着かないアレですよ。

ひぃ、ドア近くに控えてらっしゃる！　姿勢が完璧です‼

とても落ち着いた様子の、年嵩《としかさ》の侍女さんで……あら？

（どこかで……）

私、コレでも結構記憶力がいい方なんですよ。

一度お会いした人の顔を覚えてたりするんですが……あの方に見覚えがあります。

どこでだったかな、と思ったところで以前バウム家の町屋敷で、クレドリタス夫人と一悶着《ひともんちゃく》あった際にアリッサさまの後ろに控えていた侍女さんですね。

思い出せてスッキリ！　……じゃないですよ‼

（ひぃ、伯爵夫人の傍につくようなベテラン侍女さんが私のところに何故……）

私の視線に気がついたのか、侍女さんは私を安心させるように微笑んで一歩前に出ました。

そうですよね、侍女としてはお客さまが視線を向けていたら何か用事を言いつけられると思って行動しますよね！　そうじゃないんですごめんなさい‼

あ、いいえ、用事あったわ。

「何かご用でしょうか」

「はい。あの……便箋をお願いしてあったと思うのですが、どこでしょうか。それと、書き上げた手紙をすぐ出したいのですが……」

「かしこまりました。便箋に関しましては、お好みを伺ってお持ちしようかと」

「……では、無地のものを。色は白でお願いします」

「少々お待ちくださいませ」

便箋が置いてなくてアレッとは思ったんですが、まさか希望を聞いてくれるとか。

そこまで優遇されているとなると、本当に内心バックバクでたまんないんですけど⁉

もしかしなくても、屋敷の中にある便箋ならどれでも好きに使っていいとか言い出しそうな勢いじゃありませんか。何種類の便箋がこのバウム家に用意されているのかと思うと、ちょっと好奇心から見てみたい気がしますけどね。

(アリッサさまはオシャレだからなあ、きっと便箋とかそういう小物にも普段から気を遣われているんだろうなあ……)

これほどまでに立派な家柄の伯爵夫人を務めるっていうのは、きっととんでもない重圧の中にあると私は思うのですよ。

それこそ、そこいらの伯爵家とはワケが違うっていうか……宮中伯ってのも勿論あるんだけど、国王の盾であり矛であり、クーラウム王国の初期から続く家ってもうそれだけでね！

いくつの重圧がアリッサさまの肩に乗っかっちゃってるのかと思うと、恐ろしい。

(……いずれは、それをプリメラさまが担《にな》われるのよねえ)

当然ですが次期当主であるディーンさまの双肩《そうけん》にも、私では想像できないほどの重圧がかかっているわけです。そしてそれをアルダールも心配しているんだろうけども。

（だけど……いくら心配したところでアルダールがバウム家のために何かをしようとすればするほど、周囲が放っておいてくれなくなっちゃうんだろうなあ）

庶子であっても長男で、武人として実力もあり近衛騎士としての実績から有能さを示したアルダールを当主に据えてもいいのではって声は、きっといつもあったに違いありません。

ディーンさまの耳にそれを入れて仲違いさせようとしたり、庶子の兄なんてっていう貶《けな》しの言葉でアルダールを排斥《はいせき》しようとする層がいることもわかっています。

そういう関係性を考えたら、アルダールがバウム家の人間であっても分籍しちゃうっていうのは正しい選択な気がするのです。

新しく、騎士爵のバウム家を興《おこ》すって意味でね！

（……私が、それを支えられるのかな）

好きだという、その気持ちだけじゃあどうにもならないことは、たくさんあります。

でも新しいことをするならば、原動力は必要だと思うんです。

お互いを支えるに足るだけの感情が愛情だっていうなら、それは素敵な気がします。

ただ、愛情だけで世界は回りませんのでそこは難しいところですね。

現実は世知辛《せちがら》いものですから……。

「お嬢さま、お待たせいたしました」

「ありがとうございます」

おっと、客人としてはここは丁寧な言葉遣いをしない方が適しているんでした。

唐突なるお嬢さま呼びに動揺してしまって思わず普段通りの口調に……。

いや、でも私はお客さまで貴族令嬢なので〝お嬢さま〟はあながち間違いではないんだよなあ！

どうあっても慣れていないだけで‼

そう思ったけれど、侍女さんも特に苦言を呈するでもなく便箋一式を机に準備してくれました。

「わたくしは別室に控えております。何かございましたらそちらの呼び鈴で、いつなりとお呼びくださいませ」

「……はい」

優雅な仕草で一礼したその人は、きっと王城でも高位の侍女になれるであろう実力者に違いありません。そんな気がします。私の侍女としての勘です！

侍女さんが去るのを見送ってから、私は渡された便箋を見つめました。

それから椅子に座り、細く、長く息を吐き出します。

便箋は、とても綺麗なものです。

真っ白で、上質な紙であることが一目でわかる、そんな綺麗な便箋です。

（お父さま、びっくりするでしょうね……）

インク壺の蓋《ふた》をあければ、ふわりと独特の香りがしました。

なんて書こうか少しだけ悩んで、私はペンを走らせます。

『拝啓、お父さま。いかがお過ごしでしょうか……』

そう書き出して、私は言葉を選びながらまずは家族の安否を確認する内容を書きました。

きっと今頃はメレクの婚約が正式なものとなりあれこれと引き継ぎをしつつ、各方面へと顔合わせなどをしている頃でしょう。

メレクはオルタンス嬢が学園を卒業するまでに、いつでもお父さまと交代できるよう準備を調えないといけませんからね！

オルタンス嬢は確か現在一年生で、来年は二年生の設定だったはず。ゲームで登場したときの彼女は主人公の先輩でしたからね！

だから二人の婚約期間は二年あるということになるので、その間にメレクはお父さまの……ファンディッド家の地盤を全て引き継げるようにならないといけません。

そして、その上で今後の指針を定め、周囲に根回しをする準備期間となります。

次期子爵ということでそれを行うに身分の不足はありませんし、お父さまが早期に爵位を譲りたい旨は以前のお芝居で貴族社会に周知されていますし……。

（問題は、あの子が張り切りすぎて息切れしないかって点よね）

メレクってしっかり者と思われがちですが、割と猪突猛進《ちょとつもうしん》なところもあるのでお姉ちゃんは心配ですよ！　お義母さまがしっかり見張ってくれているといいのですが。

ファンディッド領スパ計画を打ち立てたはいいけれど、一人で張り切ったって上手くなんかいきっこないですからね。

なんたって、領地の運営についてはあの子も当然ひよっこですもの。

誰だって初めから上手くいくなんてことはないでしょうし、いくらメレクが優秀でも失敗の一つや二つはしてもおかしくありません。

それは経験としていつか役に立つとはいえ、あまり最初から飛ばしすぎてとんでもないミスをするとその後が大変でしょうから……。

（っと、そういうことを考えている場合じゃなかった）

それこそ、私が口を出すことでもないのでした。

いやあ、心配はしちゃいますけどね。だって可愛い弟のことだもの！

とにかく、当たり障《さわ》りなく家族の近況を尋ねたり季節の変わり目だから体を労《いたわ》ってほしいといったことを書いて、私は本題に取りかかることにしました。

ついつい手紙でも気恥ずかしくて後回しにしているあたり、冷静になれておりません。

しかし自分の、婚約を申し込まれたことを書いて知らせるって、直接言うよりはずっと楽だと思っていたんですが……これがかなりの難易度であることをここで知りました。

ええ、ええ、なんていうんでしょうね。

一度書き上げて、読み返して、私は一度ペンを置いてその便箋をそっと丸めて捨てました。

そしてもう一度、今度こそ冷静に……と思ったものの文字にすると何故だか一層恥ずかしくなって、つい話題を変えようと試行錯誤《さくご》の末にしっちゃかめっちゃかにしてしまい再度丸めることになったのです。そして挙げ句に便箋のど真ん中に『結婚を申し込まれたのでそのうち書状が行きます』とだけ書いた私のポンコツさよ‼

（恥ずかしいからって程度ってもんがあるでしょう！　自分‼）

くっ……勿論、こんな手紙を出せるはずがありません。書き直しですよ書き直し！

幸いというか、予備の便箋はたくさんあります。

……なんでしょう、普通に考えたら客人に求められて渡す量としては多すぎではないかしら？

（淑女が普通にお手紙を書くにしては便箋が多いのは、まさかこれを見越して……⁉）

果たしてこれを指示したのがアリッサさまなのか、アルダールなのか、或いはあの侍女さんが客人である私の様子から察して用意してくれたのか。

それについて聞かない限りわからないのでしょうが、私はこれ以上失敗してはなるまいと気合いを入れて書き直すのでした……。

第五章　家族

手紙を無事書き終えて侍女さんに託した後。

鍛錬に出ておられたディーンさまがお帰りになって迎えた晩餐は、とても楽しかったです。

バウム家の団欒《だんらん》に私も混じることに緊張はありましたが、とても楽しい一時《ひととき》を過ごさせていただきました。お料理はものすごく美味しかったです！

正直もっと緊張するかなって思っていましたが、アリッサさまの優しい雰囲気と巧みな話術、そしてディーンさまの明るさがなんとも素敵空間を生み出していたんですよ。

アルダールもお二人とすっかり打ち解けて、リラックスしていましたしね！

そう……あの空間を一言で表すならば、尊い、ですね！

（うん？　待って？　そんなキラキラした人たちと私も親戚になるのよね……？）

……今後はそれなりに身嗜《みだしな》みに、より気をつけたいと思います！

黒髪だとか、青い目じゃないとか、細くないとか……まあ美人の条件を満たしていない私でもこうして好いて生涯の伴侶《はんりょ》に迎えようと言ってくれる男性も現れたことですし！

今までは『美人じゃないんだし、仕事第一なんだから』って適当にしていた部分を今後はしっかり見直していけばいいだけの話です！

なんとかなる。なさねばならぬ。

……美容系に強いって言えばやっぱりビアンカさまかな……。


とまあ、そんな感じでバウム伯爵家にて楽しい時間を過ごした翌日。

私は再びアルダールと馬車に揺られていました。

どこに行くのかって、そりゃアルダールが幼少期に育ったという場所ですよ！

（うう、緊張する……）

婚約者の生い立ちを知り、その原点を見聞きするというのはとても良いことだと思います。

思いますが、今回ばかりは少し事情が違ってですね……。

なんと、私たちが向かう先にはあのクレドリタス夫人がいるのです。

彼女はアリッサさまからの叱責を受けた後、バウム伯爵さまよりこれから行く別邸の管理人をするよう言われ、そして今はそこで暮らしているのだそうです。

まあ要するに、役職を与えることでその別邸から離れられないようにしたということですね。

それがアルダールの育った別邸だということに関しては、なんとなく複雑な気持ちです。

でもまあ、クレドリタス夫人にとってもそれが最良なのかもしれません。

どんな内容であれ、バウム伯爵さまのお役に立てればあの人にとってそれが喜びなのでしょうから……本当にそうかどうかは別問題ですけどね。

ちなみに別邸には、彼女のお目付役として同じ館で働く人々もいるのだそうです。

なのでクレドリタス夫人だけがそこに暮らしているわけではありません。

アリッサさまから、クレドリタス夫人に何か言われる前に他の使用人たちと接触するようにとアルダールはものすごーく念を押されたんですよね……。

「義母上は心配性なんだ」

「それだけ、アルダールのことを案じているのよ。お優しい方ね、本当に」

「……そうだね」

「馬車でどのくらいの距離なの？」

「そうだね、少し……そうだな、一時間ほど走らせるんじゃないかな。途中で休憩したくなったら遠慮なく言ってほしい。眠くなったらいつでも肩を貸すよ？」

「わかったわ」

ふふふ、侍女として遠距離の馬車に同乗する訓練も当然受けている私に死角はありませんよ！

ってそんなこと、アルダールも知っているでしょうけどね。

それでもきちんとこうして気遣いを見せてくれるところが本当にもう、紳士だなあ。

「……私の育った別邸は、自然が豊かなところにあってね」

思い出すように、目を細めながらアルダールはそんなことを話し始めました。

アルダールに言わせれば、彼が育った別邸というのはバウム家がいくつか持っている邸宅の中でも狩猟の際の休憩所として使ったり、災害時など有事の際に領民を避難させたりするために使うものなのだそうです。

なので、お客さま向けの美しい建物ではないし、大きすぎるってこともない建物なんだとか。

幾人かで常時使えるように管理を行っている建物の一つであり、領主の権限で使用する指示が出た際には完璧な状態で利用者を迎える役割が彼らに与えられた仕事です。

そしてクレドリタス夫人はその使用人たちの長として任命された……ということになっているのですが、同時にそれは、そこで働く使用人全員が夫人を監視しているという意味でもあります。

「確か……記憶によると五人はいたはずだ。管理者以外の使用人たちは近所に住まう者が多かったように思う。だから管理者以外は交代で詰めているはずだよ」

「そうなのね」

ということは、クレドリタス夫人はそこで寝泊まりするにしても、他に夜勤などで誰かが必ず夫人の周りにいるようローテーションが組まれているってことなのでしょう。

アルダールの説明を聞く限り、どうやらその別邸はそこまで使用頻度も高くないようですし。

(まあ、息子を隠して育てる場所に選んだくらいだし、普段から使うようなところは選ばないわよね……居心地良くなるよう、改装とかは気を配ってそうだけど)

でもアルダールが生まれたばかりの頃はバウム伯爵さまは領地のトラブル続きでそれどころじゃなかったんだっけ……だとしたらアルダールは相当苦労したのかしら。

「料理人とか専門職は、領主が使用する旨を伝えた際にバウム邸から派遣されることになっている。

普段は彼らが自分たちの食事を賄《まかな》う程度でしか台所は使われていなかったと思うよ」

まあ、実際には使用頻度の低い別邸の扱いなんてそんなもんでしょう。

常に料理人とかを雇ってそこに据えておくと、人件費がかさんでしまうわけで……雇用を増やすという意味では大切かもしれませんが、客を頻繁に出迎えるわけでもないなら最低人員で済ませるのは当然の話です。

「あら？　じゃあアルダールが過ごしていた時は料理人がいたってこと？」

「……そうだね、いたよ。まあ、まがりなりにも長男だしね」

「またそんなことを言って！」

「ごめん」

まあ当時のアルダールを思えば、この捻くれた物言いも仕方がないんだろうと思いますけど！

本当にバウム伯爵さまの言葉が足りなかったせいだから、誰が悪いってやっぱりバウム伯爵さまなんだよなあ……‼

長男だけど跡は継がせることができない、だけど息子として愛しているよってきちんと伝えておいたなら、きっとこうまで拗れることもなかったんですよ。

周囲の目とか、クレドリタス夫人からの悪態とかに対してアルダールが一人で耐える必要もなかったし、愛されていると知っていれば相談する手段くらい、いくらでも見つけられたに違いありませんからね！

（何度考えても伯爵さま、ギルティ）

将来の義父なんだと思うと言いたいことはありますが。

ここはオトナとして、グッと呑み込むのが大事なのでしょうね……。

でももう迷いませんよ！

いざって時にはアルダールの妻として、ガツンと言ってさしあげましょう！

やっていいって王太后さまも似たようなことを仰ってましたし、万の味方を得た気持ちでやってやろうじゃありませんか！

……本当にやる時は、事前にちゃあんと王太后さまやアリッサさま、それとアルダールに相談してからですけどね？

頑張れ私のチキンハート。

「私が本邸に迎えられた後、別邸がどうなっているのか知らないんだ。正直……良い思い出のない場所だったから、興味もなかったんだけどね」

「……アルダールの部屋も、そのままあるのかしら」

「どうだろうね、残っていたとしても元々個人で持っていた物はあまりなかったし……本邸に迎えられた時に準備された部屋へ行って、その違いに驚いたことは今でも覚えているな」

そりゃまあ、本邸に比べたら簡素な造りなのでしょう。

バウム伯爵本邸のあのすごさったらねえ……。

それでもファンディッド子爵邸に比べて立派だったりしたらどうしようとどうでもいい考えが頭を過《よぎ》りましたが、なんとか顔には出さずに済みました。

「やたらと玩具《おもちゃ》やら服やら……それこそタンスにも棚にもぎっしりでね。義母上がこれまで会えなかった分のプレゼントを詰め込んだんだと笑顔で言ってくれて……でも当時の私はそれを素直に受け止められなかったな。玩具も、どうしていいかわからなかった」

あ、そっちの意味で。

いや、部屋が豪華になってたってのもあるんでしょうけど。

なんでしょうか、その頃のことを想像するだけで涙が出てしまいそう！

「アルダール、どうするの？　邸宅に着いたら……その、中に入るの？　拒絶されたら……」

「いや、あちらに私を拒否する権利はない。まあユリアにいやな思いをさせてまで中を見せたいわけじゃないから……だけど、もしできるなら」

「できるなら？」

「クレドリタス夫人に、別れを告げたいと思う」

それは、静かな声でした。

今までのように感情的になることもない、静かなものです。

決して賢いことだとは思えませんが、アルダールにとってはきっと大切なこと。

「わかったわ。……私は、傍にいてもいい？」

「いてほしい」

「……うん」

どちらからともなく手を繋いで、少しだけアルダールの表情が強ばっているのに気がつきました。

（緊張しない方がおかしいよね）

アルダールが何を思ってクレドリタス夫人と対面したいと考えたのか、私にはわかるような、わからないような……でも、最後まできちんと見届けたいと思います。

私が傍にいることで、彼が落ち着いて思うままに行動ができるなら嬉しいじゃありませんか。

今まで私が怖かったり、悔しかったりした時にはアルダールが傍にいてくれました。

だから立ち向かえた時もあると思うのです。

脳筋公子に絡まれた時ですとか、エイリップさまに馬鹿にされた時ですとか！

（あ、なんか思い出したら腹が立つな……？）

内心ムカムカしていると、アルダールのそんな声が聞こえて私はハッとして彼が示す方角へと視線を向けました。

「……見えてきた」

緩やかな馬車道の先、少し古めかしい建物が確かに見えます。

（いや、待って……？）

ナシャンダ侯爵さまのところで小さな温室って言いながら民間の一軒家レベルだったことを急激に思い出して、私は頭を抱えたくなりました。

だってあれ、狐狩りの際に行った王族御用達のあの館を一回り小さくしただけの……要するに、それなりのお屋敷だったんですから。

小さいっていうスケール、本当に高位貴族の方々は言葉の意味を考えていただきたい‼


アルダールが幼少期を過ごしたという館は、今はもう殆ど使われていないようでした。

勿論、きちんと手入れをされているのは外から見てもわかるくらい綺麗です。

いつ誰が来ても十分対応できる状態を保っているのでしょう。

馬車を建物の少し前で停めて、アルダールは一度外に出ました。

私も一緒に下りて館の門よりも手前から眺めたわけですが……彼は懐かしむのと同時に、悲しそうな表情を浮かべていました。

「……アルダール？」

「うん。……この館を最後に見た記憶は、私がここを去る時のものだ。案外、忘れていないもんだね。記憶の中にある光景と、変わらない……」

彼がここを去ったのは、アリッサさまが迎えると宣言した頃だから……まだまだ、庇護されるべき年齢だったはずです。

きっとその頃の彼はここに良い思い出などなかったでしょうし、そして次に行くバウム邸での暮らしに対しても期待などしていなかったに違いありません。

だってバウム伯爵さまが言葉足らずのせいですでに誤解だらけだったんですもの。

まあすぐにその後、城下の町屋敷に移ったんでしたっけ？

本当にアルダールの人生は山あり谷ありですね……。

（いろいろと複雑な思いがあるんだろうなあ）

それでもここでアルダールが育ったんだと思うと、なんとなく私の感想としては『こんな広いところで一人だったのか』という切ない気持ちになりました。

この別邸のサイズはファンディッド子爵邸よりも少し小さいくらいでしょうか。

つまり私が実家の家族四人で暮らしていた程度の広さに、彼はたった一人で暮らしていたんです。

周囲に使用人がいても、寄り添ってくれる人がいない生活……。

（それって、やっぱり寂しいわよね）

傍につけられた使用人たちはクレドリタス夫人を筆頭に、彼のことをバウム家のお荷物扱いしていたという事実を知っているからこそ、あまりにも辛い。

今はアリッサさまによって改善されているとはいえ、当時のことを考えると……どうしてって思わずにいられません。子供に罪はないじゃないですか。

やはり元凶はバウム伯爵さま。いや、他の大人もダメダメだな！

「あれえ、お客さまですか」

別邸を見上げる私たちに庭仕事をしていた使用人が気がついたようでした。

慌てた様子でこちらに来たその人は、雇われて日が浅いのか、まだ若い印象があります。

ところどころ泥に汚れてはいますが朗らかな笑みを浮かべている姿に、どことなく張り詰めた空気を纏《まと》っていたアルダールも目元を和らげました。

「客かと問われれば……まあ、客……かな。……長居をするつもりはないが」

「え？」

キョトンとした様子の庭師さんに向かって、私たちが乗ってきた馬車の御者さんが呆れたように声をかけてくれました。

「そちらはバウム家のご子息、アルダール・サウルさまだ。さあさ、門を開けてくれないか！」

「え……ええ⁉　ぼ、坊ちゃん⁉　も、も、もも、申し訳ありませんでしたあ！」

慌てた様子でガチャガチャと門を開けてくれる姿は、普段こういった来客に慣れていない様子が見て取れます。

御者さんはなんとも言えない表情でしたが……うん、まあ……普段使っていない邸宅とはいえ、使用人のレベルについて御者さんも思うところがあるんでしょうね。

この御者さんは本邸の人間で、アリッサさまが特に信頼している使用人の一人なんだとか。

今回は御者を務めてくれただけで、本来は執事のお一人だということも聞いています。

元々はバウム家の私設騎士団所属の方で、ご高齢を理由に引退後は執事の一人としてアリッサさまにお仕えしているってことも伺っております。

動きもキビキビしているし、まったくもって年齢を感じさせないんだけど……出掛けにアリッサさまからは護衛としても頼りになるって言われてたから実力も相当なのでは……？

それを聞いて私が思い浮かべたのはセバスチャンさんでしたね！

なんだろう、老執事って人種はとんでもないポテンシャルを秘めている人ばかりなのかな……？

まあそれはともかく、クレドリタス夫人がいるであろう館に行くにあたり、この御者さんは心強い味方であると私は考えております‼

（いえ、今のアルダールならクレドリタス夫人なぞ何するものぞってな感じだとは思いますけどやはり今までのトラウマっていうの？　そういうのはどうしたって簡単に拭えるものじゃないし、なにせ実母って理解していろいろと腑に落ちたとはいえ確執そのものはなんにも変わっていないし、問題のクレドリタス夫人側は相変わらずっていうか触れずに済めばそれが一番だろうけどこれはケジメ、そうケジメだから……）

なんだか私の方が緊張してきました。

どうしたってこの館に来るということは、クレドリタス夫人とも会わずに終われないということでしょう。彼自身、対峙《たいじ》を望んでいるわけですし……。

実はこっそりとアリッサさまが教えてくださいました。

何故アルダールが育ったこの場所に彼女を留めるのか、それはアルダールが最も近寄りたくない場所だろうからということだったのです。

今回の訪問は、トラウマの克服のためでしょうか？

ちなみにアリッサさまはアルダールが自分から行くと言い出すとは思っていなかったらしく、今回の目的を話したらそれはもう大変驚かれてしまいまして……。

最終的にはアルダールが見ていないところで涙ながらに『息子のことをよろしくね』とか、こっそり頼まれてしまったわけです。

何ができるわけでもありませんが、私としてはわかりましたとしかお答えするしかないじゃないですか……。何かできたらいいんですけど！

（まあ、アルダールに酷いことを言うようなら私も黙っちゃいませんよ！）

前回も黙っちゃいませんでしたが、今回だって負けるものですか。

あの時は恋人という立場よりも、王女宮筆頭としての気持ちの方が強かった気がしますが……今回はアルダールの婚約者という立場ですからね！

……いや、うん。だからって特別こう、対応が何か変わるわけじゃないですけど。

こう、気持ちの問題でね？　負けないぞっていう気合いの問題です。

「――……騒がしいと思ったら、招いてもいない来客でしたか。ようこそおいでくださいましたアルダールさま。ご用がないならばお帰りください」

気合いを入れた傍から嫌味を言いながら現れた……だと……!!

まあ庭師の方があれほど騒いで門を開けたからね、中に聞こえていてもおかしくはないです。

久方ぶりのクレドリタス夫人は以前と変わらない様子で、キツめの眼差しをそのままアルダールにだけ向けています。

私や御者さんは目に入っていないのかもしれません。

アウトオブ眼中とはまさにこのこと……本当にこの人にとっては、バウム伯爵さまのことだけが世界の中心なんだなあ。

「アルダール……」

「大丈夫」

いきなりの先制パンチに私が心配になってアルダールを見上げれば、彼は優しく笑って私の肩を抱いてくれました。

以前だったら彼女の存在を目にして厳しい表情を見せていたであろう彼のその様子は、随分と余裕があるようにも見えます。前とは違うのだと思うと、少しだけホッとしました。

でも、心配じゃないですか!!

「バウム家の人間が、バウム家所有の館に足を運んだだけだ。勿論、当主の許可もいただいているよ。クレドリタス夫人に迷惑はかからないだろう？」

「……バウム家の人間。ええ、確かに。アルダールさまは確かにあの方のご子息ですから間違いはございません。たとえ庶子であろうとも」

相変わらず、言い方ァ！

どうしてこの人は、ずっとこうなのでしょう。

こうすることでしか自分の心を守ってこられなかったのかもしれませんが、それはなんとも悲しいような気がします。

まあそのように思えるのも事情を知ったからこそなのですが、以前はあんなに腹を立てたのに私も現金なものですね……でも、だからってアルダールへの態度は許さないけど！

「ああ、そうだ。私は、バウム家の長男だからね」

しかし、彼は変わらず穏やかな表情でクレドリタス夫人を見ていました。

その堂々たる振る舞いに、思わず見惚れてしまいました。

私の恋人は、婚約者は……やっぱりすごくかっこいい。

「……お越しになることを事前にお知らせいただけてませんので、おもてなしの準備が整っておりません」

「構わない。少しだけ邸内を確認したら、すぐに帰ると約束しよう」

堂々としたその様子に、クレドリタス夫人の方が戸惑っている様子です。

今までのアルダールではない、その変化を彼女も感じ取っているのかもしれません。

（ああ、そうか）

アルダールは、彼女が母親だと知ってすべてに納得して、バウム家の家族を家族として受け入れて前に進んだけれど。

クレドリタス夫人はアルダールの母親としての自分を認められず、そして認めることのできない存在に苛立ちながらどうすることもできないまま、立ち止まっているのです。

彼女の時間は、幸せを失ったその瞬間のまま。

わかってはいましたが、それを目の当たりにして私は……この二人の人生が、これを最後にきっともう二度と交わることはないのだと、そう感じました。

「行こう、ユリア」

「はい」

差し出された手をとって、歩き出す。

アルダールが堂々としているのに、私が動揺してはいけない。

なんでもない表情で横を通り過ぎる彼を、クレドリタス夫人は信じられないものを見るような目で見ていたのを……私は、複雑な気持ちで見なかったことにしました。

その後、案内されるままに別邸の中を散策して、悲しかったこと、悔しかったこと、寂しかったこと……ぽつりぽつりと、アルダールは零すように私に語ってくれました。

時々小さくなるその声を、聞き逃さないように私は彼の言葉に耳を傾けました。

別邸の中は想像していた通り、造りこそ少し古めかしいものの……とても過ごしやすそうな建物です。おそらく建物の価値として考えたならば、当然ですがハイクラスの部類でしょう。

侍女視点で述べるのであれば、高位貴族や王族の方々をお招きしても恥ずかしくないだけの品格を持った別邸だと断言できます。

勿論、そういったお客さまをお迎えするとなれば、絨毯《じゅうたん》やらカーテンやらは今風のものに変えた方がいいかなとか、そういう端々《はしばし》のことはありますが……。

それはともかく。

幼少期と言わず、本当に〝邪魔な庶子〟を押し込めるだけならば……ここよりも適した場所があったに違いありません。

もっと……ただの一軒家のような、それこそ小屋でも十分なはずですから。

それなのに、この別邸に母子共に過ごさせていたということは……バウム伯爵さまはもしかすればアリッサさまの許しを受けた後に、二人のことを〝愛人とその間に設けた庶子〟として正式に遇するつもりだったのではないでしょうか？

ここならば〝愛人とその息子〟を囲う場所としても問題がない気がします。

（もしそうなっていれば……）

おそらくアルダールにとって、そう不幸ではなかったはず。

愛人の子であっても、貴族として遇されている……それがあれば、まだ。

（いや、違うな。そんな仮定をしても意味なんてない）

そもそもがクレドリタス夫人にアルダールという〝息子〟を受け入れることができていないので、初めから破綻《はたん》しているんですもの。どうしようもなかったんですよ、結局。

「大丈夫？」

「……少し、だけ。まだ、どこか、苦しいものはある……かな」

私の問いかけに、アルダールは困ったようにそう答えました。

それは誤魔化そうとか、言いづらいとかそういったものではなく、説明がしにくい気持ちをどう表現していいのかわからないという雰囲気でした。

「だけど……以前語ったように、彼女が何者で、どうして私を疎むのか……その理由がわかっているだけに、いろいろと受け取り方が違うように思う」

「アルダール……」

「大丈夫。今の私には、家族がいる。ユリアが隣にいてくれる。……私はここにいた頃の、何も知らなかった私じゃない」

そっと笑うアルダールの顔は、確かにもう吹っ切れているようでした。

彼が過去のことに折り合いをつけていることはわかっています。

それでも、クレドリタス夫人と直接会うことになれば感情がひどく揺さぶられるのではないかと私も案じていたのですが……。

（そんな心配、要らなかったみたい）

アルダールの育った、この別邸を私はぐるりと見て回って……広いなと思いました。

この広い建物の中を、幼い子供が孤独に喘《あえ》いでいたのだと思うと胸が苦しくなります。

（でも……それももう、おしまい）

あの頃の思い出も含めて、アルダールは今日で全ての過去を呑み込むことにしたのでしょう。

私はそれを見届けるのです。最後まで。

「帰ろうか、ユリア。もうここは十分見た」

「……ええ」

「バウム邸に戻って義母上たちに挨拶をしたら、もしかしてもう一日泊まっていくよう言われるかもしれないけれど……」

「私は構わないと思うの。元々明日は休みを入れているし……アルダールもそうでしょう？」

そう、念のためね。

何があるかわからないし、体を休めるためにただグダグダして過ごせるようの休日を設けておいただけですのでね！

アリッサさまが歓迎してくれるなら、もう一泊ぐらいむしろウェルカムですよ！

「でもバウム邸にもう一泊したら、翌日からすぐ仕事になるだろう？　私は慣れているけれど、ユリアは体が辛くないかい？」

「大丈夫！　私だって見習い侍女の頃には夜勤だって経験しているし、そのくらい問題ないわ。むしろ帰省の時の方が慌ただしいんだから！」

私がそう言って笑えば、アルダールも笑ってくれました。

いいなあ、こういう空気。

（帰省と言えばそろそろ手紙がお父さまに届いたかしら）

今頃腰を抜かしていないといいんだけど……まあ、そこのところはお義母さまがなんとかしてくださっていることでしょう。

（お義母さまは喜んでくださるだろうなあ）

照れくさいけどそれを想像するとちょっとほっこりするあたり、我が家も親子関係がかなり修復されたことを実感します。

血の繋がりだけが家族ではないと、私もわかります。家族がそれを教えてくれました。アルダールにとって今、大切な家族はアリッサさまやディーンさま……それとバウム伯爵さまであって、夢に描いた母親ではなくなったのです。

それをきっと、確認できたのだと思います。

「……幼い頃にね」

「ええ」

「家族を得たなら……自分はどんな風にしたいか、なんて考えたことがあるんだ」

一歩一歩ゆっくりと廊下を歩きながら、アルダールがそう言いました。

誰だって一度は描くようなごく当たり前の、そんな未来を……幼い頃の彼は、どんな思いで描いていたのでしょうか。私には、わかりません。

成長するにつれ、貴族の息子として……責任だけを強く知ってしまった彼が、その思いを諦め始めたこと、そしてそれを諦めないでくれたこと。

それを知っているから、私は組んでいたアルダールの腕を強く、掴みました。

「……ユリア？」

「全部とはいかないかもしれませんが、叶えましょうね」

「え？」

「私も幼い頃は考えたことがあります。女の子を産んだら、ピンクのヒラヒラを押し付けるのは止めようとか、木登りしても怒らないであげようとか！」

「……それ、自分がやられて嫌だったこと？」

「木登りは違いますよ？　それはメレクの話」

メレクが木登りしたがっても、うちの両親は危ないからって近づけなかったのよね。

ぶっちゃけ、落ちたって怪我しないくらい低い木だったんですけど……きちんと大人が傍にいて、常に気をつけてあげている状態でなら少しくらいはいいじゃないかと私は思ったもんですよ。

まあ、あれも大事な跡取り息子に何かあったらいけないという両親の愛情であることも理解はしているので、口に出して言ったことはありませんけどね！

ぶっちゃけ、メレクは運動が得意な方ではありませんしね……。

やらせたらやらせたで、確かに落っこちる可能性の方が高いのは否めません。

でも子供だったら少しくらいヤンチャしてもいいんです、カバーするのが大人の仕事。

いいえ、無茶をするなら私も止めますけどね‼

「アルダールはどうしたい？」

「……そうだなあ。おかえりと、ただいまが言える関係がいいな。言えない日もあるだろうし、できる範囲でいいから。そしてお互いを想い遣り、気持ちを伝え合って、その日にあったことなんかを話したり……」

「ええ」

「休みの日には、家族で過ごしてみたり」

「いいですね」

「子供がいたら、寂しい思いを……させないような、父親に、なりたいと」

「なれますよ」

ぽつり、ぽつりと私の言葉に返事をくれるアルダールは、泣いてしまうだろうかと少し心配になりましたが……そんなことはありませんでした。

まるで眩《まぶ》しいものを見るかのような目で私を見つめ、優しく笑ってくれたのです。

それを見て、私も愛されているんだなと実感して嬉しくて……多分、笑っていたと思います。

なんでそう感じたのかって聞かれるとそれはわかりませんけど、なんとなくそうストンと心に落ちてくるものがあったのです。


「……お帰りですか」

玄関ホールまでやってきた私たちを前に、クレドリタス夫人があの日のように立っていました。

凛とした佇《たたず》まいも、厳しい眼差しも、あの日と全く同じです。

あの日、あの時と同じように、彼女の目にはアルダールしか映っていませんでした。

他の使用人たちは下がっているのか、護衛役の御者さんは外にいるのでしょうか。

周囲に人の気配はせず、緊張感が辺りに漂います。

あの時のように険悪な空気になる前にさっさとここを出て行こう……私はそう思いましたが、アルダールは違いました。

「クレドリタス夫人」

その呼びかけは、とても静かなものでした。

静かで、そして穏やかな声。

纏う空気の違いにクレドリタス夫人の表情に戸惑いが浮かびましたが、彼女は彼女でやはり譲れないものがあるのか、直ぐに元に戻りました。

「……お帰りですか」

「ああ」

「それはようこございました」

「一言だけ、いいかな」

「なんでしょうか」

変わらず、穏やかな声音《こわね》。

組んでいた腕を解《ほど》いて、彼は私の肩を抱いたかと思うと静かに頭を下げました。

「どのような経緯があれ、私を産んでくださり、感謝している」

「……！」

「もう二度と会うことはないと思う。壮健でいてほしいとは願えないが、これだけは自分で伝えておくべきだと思う。けじめとして」

アルダールの言葉にクレドリタス夫人が目を見開いたまま硬直してしまいました。

それはそうでしょう、彼女にとってアルダールの実母が自分であると知られているなんて思いもしていなかったはずですから。

まあ、多くの人が知らない事実だとしても、知っている人だってアルダールにわざわざそれを明かしてバウム伯爵夫妻から睨まれたくもないでしょうしね！

そもそも良識のある人なら『貴方を嫌っているあの人が実の親ですよ』なんて告げ口をしませんし。伯爵さまが箝口令《かんこうれい》を敷いて今この時まで多くの人が口を噤《つぐ》んでいることを考えれば、軽率な真

似はできないってことでしょうからね。

ともかく彼女の反応がどうであれ、アルダールは言いたかったことを言えて満足したのでしょう。

私の肩を抱いたまま、彼女の横を通り過ぎました。

来た時と、同じように。

「さようなら」

それでも、最後に静かにそう告げた彼の横顔は……やっぱり、寂しそうでした。


バウム伯爵領の旅行から戻った翌日、私はいつものように王女宮で仕事をしています。

なんとも濃い休日の過ごし方をしましたが、充実したものであったように思います。

私が不在だった間も特に問題はなかったようで、メイナとスカーレットの褒めてほしいと言わんばかりの表情ったら！

はー、子犬かな？　んもー可愛い！

まったくもって可愛い後輩たちではありませんか‼

勿論、全力で褒めましたとも。

たかが二泊三日の小旅行で不在にしただけだろうと、ちゃんと褒められるべき働きをした者は褒められてしかるべきと私は考えていますので！　褒めますとも‼

うん？　正確には三泊三日ですかね？　前日の夜から不在でしたからね。

まあそれはともかくとして……。

「そう……それじゃあユリアも内々だけれど婚約が決まったのね！」

「はい。まだ当人同士の意思を確認しただけで両家の話し合いはこれからとなりますが……」

私は二人だけになったタイミングを見計らって、プリメラさまにプロポーズをされたことを報告しました。恥ずかしいけど大事なことだからね！

今後についてもご相談するために、こういうのはちゃんとね！　ちゃんとしますよ！

まあ、堂々としたつもりですが、若干顔は赤かったかもしれませんが……。

それよりも私の報告を受けて満面の笑顔で祝福してくださったプリメラさま、本当に愛らしくって愛らしくってもう……本当、この世界にはいろいろと便利なものがあるのに、なんでカメラって開発されてないのかな？

どうして私はメカに強いとか設計図を描いて一から作り出せるような頭の良さを持っていないのかしら……って真剣に三秒ほど考えるくらい可愛らしい笑顔だったんですよ。

脳内アルバムだけでは勿体ないこの笑顔……。

「そうなのね……でもきっと、ユリアのご両親のことだもの！　きっと賛成してくださるわ」

「……ありがとうございます、プリメラさま」

笑顔で太鼓判も押してくださるそのお姿に、ときめきが止まりません。

ああ……本当に純粋で天使のようです。心が浄化されるなあ！

（それに……うん、確かに今ならその通りだわ）

以前までの我が家でしたらそうはいかなかったでしょうが……。

お父さまも働く私に対する理解が微妙だった点を除けば、お父さまなりに私を愛し、幸せになってほしいと思ってくださっていることは私も理解しています。

お義母さまも、ご実家の呪縛……という言い方はいけないのでしょうが、そこから抜け出したことによって随分と視野が広がり、私の生き方そのものを認めてくださるようになりました。

きっと今の二人ならば、たとえアルダールが騎士爵になるのだと知っても、私の決めた道だからとこの婚約を祝福してくださると思うんですよ。

……横槍が入ると、途端に弱々しくなりそうな二人ではあるんですが！

まあ、そこは未来のファンディッド子爵、メレクに頑張ってもらいましょう。

あの子は最初から私の味方でしたからね！　今回もきっと頼りになります‼

「二人なら素敵な夫婦になれるわ！　……本当はわたしも婚約式や結婚式に参加してお祝いをしたいけれど、きっとお父さまはお許しにならないわよね……」

我がことのようにお喜びくださるプリメラさまですが、やはり身分の問題は大きいとご理解なさっておいでです。

たかが子爵令嬢と、いくら忠臣の息子とはいえ分家相続を放棄する騎士爵の婚姻に、王族が関与することは望ましくありません。

個人の感情とは別に、王家、ひいては王族は特別でなければなりません。

同じ人間であっても彼らは特別……それこそ、天上の方々と思わねばならないのです。

それに、王族をお招きするような式というのはとかくお金もかかるものでしてね……。

そういう点でも負担をかけないために、内々にお祝いの言葉をいただくとかその程度が無難と言えるでしょう。

世俗的な理由の方が大きくてごめんなさいね！

「プリメラさまのそのお優しいお気持ちだけで、ユリアは嬉しゅうございます」

「……ありがとう、かあさま。ううん、これからはねえさまって呼ぶわ！　だって、将来はそうなるのだもの‼」

「まあ、プリメラさまったら！」

少し寂しそうなお顔をなさいましたが、すぐに笑顔に戻られて……聞き分けが良いのはとても王女として素晴らしいですが、もう少しわがままを言ってくださってもよろしいのですよ。

そう思ったところで朗らかに爆弾発言ですね！

（いや、うん。将来的には確かにそういう関係になるんだな？）

未来のバウム伯爵夫人と、バウム卿の妻っていう身分格差はありますが……それでも私たち個人の心の在り方は、きっと変わらないことと思います。

それはきっと、アルダールとディーンさまの兄弟も同じことでしょう。

「ユリアは結婚後、仕事はどうするの？」

「お許しいただけるならば、このまま王女宮筆頭としてプリメラさまのお傍でお仕えしたく思います。プリメラさまの、輿入れのその日まで……」

「勿論よ！　わたしもそうしてくれた方がいいもの‼」

「ありがとうございます」

パッと満面の笑みで即答してくださるプリメラさま。

私に抱きついて喜んでくださるプリメラさま。

赤ちゃんの頃から一緒にいて、ずっとずっと一緒だったプリメラさま。

（大きくなられたわ）

私たちのことを気遣ってくれて、愛されて育った大切な姫君。

大輪の花のようなその笑みは……かつて私が憧れたご側室さまそっくりです。

「結婚までの話し合いや諸々忙しい時は遠慮なく休みを取ってね。ユリアの慶事だもの、王女としても個人としても全力で応援するわ‼」

「プリメラさま……」

気合いを入れるように握り拳を両手で作り、力一杯応援すると私に向かって宣言するプリメラさま、ああ……本当に私、主に恵まれていて泣きそう。

幸せで泣きそうですとも‼

「本当に、本当に……嬉しゅうございます」

「おめでとう、ユリア。……これからも、よろしくね」

「はい。私こそよろしくお願いいたします」

そう、これからなんて約束できる日が来るとは思いませんでした。

これまではただ侍女として、ずうっとプリメラさまにお仕えしていくものだと思っていました。

正直この国の美女規格に当てはまらない容姿な上に、能力も平凡だからモテなくて当然……なんて言い訳をして自分が内向的になっていたことを認めざるを得ません。

私は、臆病者でした。

プリメラさまにお仕えできればそれで十分、なんて誤魔化していたのです。

でもそれ以上に、プリメラさまが大事で、大事で……なによりも大切で。

ご側室さまの代わりにお守りするんだと、そう思っていた気持ちはプリメラさまを愛《いと》しく思う気持ちそのものでした。それが日々、より強固なものとなり、今に至るのです。

ですが、今、私たちの間で交わされた『これから』の約束は……少しだけ先の未来で、身分差はあれども義姉妹となって続く、縁があるのだと……。

（私にとって、嬉しいことばかり）

こんなに幸せでいいのかと思わずにはいられません。涙が出ちゃいそう！

でも感激の涙は今じゃなくて、もっと出番が後だと思うからとっときますよ‼


しばし二人きりの歓談をさせていただいた後、私はプリメラさまがお勉強に赴《おもむ》かれるのをお見送りして執務室に戻りました。

机の上には私の決裁を待つだけのものがいくつかと、今後の公務についての大まかな連絡が届いていました。

私が少し席を外している間に、スカーレットが書類を片付けておいてくれたのでしょう。

有能な部下がいると本当に助かります。

（ふむ、そろそろプリメラさまの衣装を新調する時期ですね……！）

この衣装も気が抜けないのです。

公務ということは王族である以上、多くの衆目を集めるのですから……。

（派手すぎず、かといってプリメラさまはもう小さな子供ではないのだから、愛らしいだけではいけない……。古典的なものも良いけれど、そろそろ革新的なものも少し混ぜつつ……）

この国を代表する方のお一人として、相応しい衣装を準備してみせるのも、我々縁の下の力持ち部隊……侍女の役目ですからね‼

ふふふ、腕が鳴るというものです。

（そうだわ、メイナにも聞いてみよう）

メイナはお化粧と髪結いを担当しているので、衣装と合わせるためにも一度話を聞いてみるに越したことはありません。

本当に、うちの子たち優秀だわあ……！

「あら？」

ふと見ると、個人宛の封書と荷物が一つずつ届いていました。

封書はアリッサさまからで、荷物はお父さまからです。

どちらも早馬で届けられたようですが……アリッサさまは先日ご挨拶したばかりなのにどうしたのでしょう？

私は首を傾げつつも、お父さまからの荷物が気になってそちらを先に開けてみました。

「……絵？」

箱の中には手紙と、小さな円形の額縁に入った、青い薔薇の絵がありました。

どこに飾っても良さそうなサイズ感です。一体どうしたことでしょう。

意味がわからなくて私は首を傾げましたが、お父さまからの手紙を見て納得しました。

「夢が叶う……かあ」

そっと、額縁を指で撫でてみる。

お父さまからの手紙には、私からの手紙が届いたことが記されていました。

とても驚いたけれどアルダールが相手なら安心だということ。

私の結婚を、幸せを、心から願っているということ。

娘の結婚式は自分の夢であったからとても嬉しいと綴《つづ》ってくださっていました。

お父さまの、心からの言葉。私はそう感じて嬉しくなりました。

そして青い薔薇ですが、なんとこの絵はお父さまが描かれたものだそうです。

私の慶事に際して急いで描いたわけではなく、いつか渡せたら……そう思いながら和解のあの日から描いていたものだと書いてあって、更に嬉しくなりました。

（ああ……本当に、私って幸せ者だなあ！）

青い薔薇は前世でもそうですが、今世でも自然界には存在せず、それゆえに『希望』や『夢が叶う』といった花言葉を持つ象徴的な花として絵画ではよく題材になっています。

家族の慶事や病気の快癒《かいゆ》などを祈って、こうして絵画にすることは珍しいことではありません。

だけどこれはお父さまが描かれた、世界に一枚のものです。

私という娘への、父親の愛が籠もった贈り物だと思うと、どんな高名な画家が描いたものよりも私にとって大切なもので素晴らしいものに思えました。

（というか、お父さま、本当に絵がお上手だったのね……‼）

長年娘でしたけど、まだ知らないことがあったことが新鮮でなりません。

いや、当然といえば当然なんですけどね！

つい最近打ち解けたというのもおかしな表現ですが、そんな感じですからね……反省してもしきれませんとも。

でもそうです、私とお父さまにも〝これから〟という時間がたっぷりあるんですから！

「どこに飾ろうかしら！」

さすがに執務室では私情だと言われてしまうでしょうか？

でも一応、私も筆頭侍女として執務室の内装はともかく装飾の一つや二つ、自由にする権利はありますので……ああでも私室でもいいなあ。ベッドの近くとか素敵じゃない？

いい夢が見られそうじゃありませんか！

（アルダールにも見せてあげようっと）

お父さまも祝福してくれたと知ったら、きっと喜んでくれるに違いありません。

きっと反対はされないだろうとわかっていても、こうして祝福をされているとはっきり目にわかるものがあるとないとではまた違うのです。

好きな人と想いを重ねて過ごし、家族に祝福されて、新しい家族になるのだと思うと……なるほど、これはいくら言葉を連ねようとも上手に説明できる気がしません。

多くの本や絵画の題材になるのも今ならわかる気がします。

「さて、アリッサさまの方は……？」

お父さまからの贈り物で胸がいっぱいになってしまいましたが、もう一通の手紙のこともきちんと覚えていますよ！

未来の義母からだと思うとちょっぴり緊張もいたしますが、別に問題はなかったはず……。

「あら……まあ」

開いて内容を何度も確認して、私はどうしようかと少しだけ考えました。

そのお手紙は、プリメラさまと私の三人で茶会をしたいという申し出だったのです。

ただ、まだそのようにしたいというだけで、これから計画を立てようと思っている程度のものだというお言葉が綴られていました。

伯爵夫人としての立場から王女殿下をお誘いすることについてあれこれと身分関係やら世情やら、貴族間の情勢やらと複雑なのでしょう。

とはいえ、将来家族になる女同士で是非一度集まって互いに仲を深められたら嬉しいと思う……そういう内容が書かれていると確かになあと思うのです。

将来的にプリメラさまにとっても、私にとっても義母となるアリッサさまとの関係は良好でありたいですし、あちらもそう望んでくださっているのだからとてもありがたいことです。

世の中には嫁姑戦争なんて言葉もあるのですから！

（しかし、こうして考えると……特に問題はなさそうね）

お父さまからの贈り物でわかるように、ファンディッド子爵家は私の幸せを応援してくれるのでしょう。そしてアリッサさまから伺った内容を考えれば、バウム家もアルダールの騎士爵としての旅立ちも、私との婚姻も喜ばしいものと思ってくれているようですし……。

となると、顔合わせも穏やかに終わりそうで何よりじゃないですか？

あらやだ、そうなると顔合わせのセッティングとか私が張り切った方がいいんじゃないでしょうか。だって侍女として培ったスキルをフル活用するチャンスですよ？

オルタンス嬢もお招きした方がいいのかしら、いえいえそれは先走りすぎか！

（でも、そうね）

あれこれ私が口出しするのはやはり、よろしくありません。

顔合わせについては男性側の親が主導でセッティングするものです。意見を求められた時以外は全てをお任せするのが一番ですよね！

基本的に家族は私たちの意向を理解してくれるとわかっているので、あとは貴族のしきたりに則《のっと》って婚約の申し込みから、当主同士の了承を経て顔合わせで男性側の家に行って、お互い親族となるにあたって和やかな会食をして……という流れに心配はありません。

まあ最近じゃあ男女ともにどちらがどうとかではなく、お互い都合のいい場所とかがいいよねって風潮なので……それこそ次期当主や高位貴族でもないなら別に城下町でもいいんでしょうけど。

とはいえバウム家は名門中の名門ですものね、そうはいかないか……。

（いやいや、私の顔合わせのことは後回し！　今はアリッサさまのお茶会か……）

浮かれすぎか、自分‼

少し落ち着かなくては。クールダウンしなさい、ユリア。

まだ旅行気分が抜けきっていないようですね……反省です。

ここは王城、私は王女宮筆頭。

いくらプリメラさまに報告したことやお父さまからの贈り物でテンションが上がってしまったからって、気持ちを切り替えてしっかりしなければいけません。

しかし、これは困りましたね……。

(プリメラさまはアリッサさまからのこのお申し出に、きっと喜ばれるでしょうね)

是非お茶会をとお望みになる姿が目に浮かぶようです。

でもこのお茶会は、アリッサさまよりもプリメラさまが個人的にお招きする形にした方が無難かなとも思うのです。

未来の義母を立てるという意味では、アリッサさま主催にした方が良いのかもしれませんが……

いくらほぼ確定しているとはいえ、プリメラさまとディーンさまの婚約はまだ正式なものではありませんからね。

それを考えれば、アリッサさまのお茶会で私たちだけが招かれる非公式なものというのは少々、外聞がよくないのです。

あくまで非公式なんだからいいじゃない、とは思うんですが……貴族的にはよろしくない。

(貴族的には『はしたない』と後ろ指をさされる可能性が出てきちゃうのよね……)

私だけならばアルダールとの交際はすでに周知の事実ですし、格下の娘を招いてあげたという話で終わるでしょうが、アリッサさまのお立場だと王女殿下をお招きするのにあたって、同格の……他家の夫人やご令嬢を誘わないと、角が立っちゃうわけですよ。

しかも、プリメラさまがまだ社交デビュー前なのも問題とされるでしょう。

こうなると、まだ年端《としは》もいかぬ子供を政治的に利用しようとしたのではないかと疑いの目を向けられてしまうわけで……アリッサさまだってそのことはようくご存じのはず。

だからこそ、わざわざ私に手紙を出してきたのでしょうね。

お茶会を開きたい、〝できれば〟自分たちだけのお茶会を……っていう意味で。

それを示唆《しさ》した上でまだ計画中だと記しているのです。

裏を返せば、準備できるはずのアリッサさまがそれをせずに報《しら》せた理由を考えろってこと。

逆パターン、つまりプリメラさまがお茶会を開けば問題ないってのが正解だと思います。

そして私に連絡をしたということは、侍女として考えて行動しなさいってことでしょう。

将来の義母になる可能性がある女性を招くという、茶会経験を積むためのもの……でもなんでもいいから適当に言い訳を作って、他の女性陣に文句を言わせずにやり遂げなくては。

これもまあ、淑女の戦いですよね！

わあ、めんどくさい‼

(とはいえ……これはこれで私にとっても良い経験になるのでは？)

そうです、プリメラさまは王女として今後の公務で『茶会を開く』ことが幾度もあるはずです。

その際は当たり前ですが、王女宮全体でお客さまをおもてなしするのです。

であれば、これは本当に良いチャンスではないでしょうか？

王女宮の侍女は私も含め教育はばっちりとはいえ、実践経験が少ないことがネックでした。

アリッサさまをおもてなしする茶会であれば、多少の失敗も目を瞑《つぶ》ってもらえるというもの！

いいえ、失敗がないように最善を尽くしますよ⁉

「善は急げね！」

プリメラさまが喜んで、アリッサさまも楽しめて。

お花は何がいいだろうか、お茶とお茶菓子は何がいいでしょう。

クッションは？　場所は？

ああ、あれもこれも準備をしなければ。

（そうだ、近いうちに一度リジル商会とジェンダ商会にも行ってみよう。珍しいものがあるかもしれないし……）

その際はレジーナさんか、ケイトリンさんに護衛をお願いしなくっちゃ。

彼女たちの意見はとても参考になりますから、是非とも聞かせてもらいたいです。

メッタボンは連れて行くと食材から離れないでしょうし、ああでも茶葉に関してはセバスチャンさんにも意見をもらいたいですね……。

ああ、悩ましい。

だけれど侍女として、プリメラさまが喜ぶ茶会を開くその準備ができる。

それが嬉しくて楽しくて。

（やっぱりこういう侍女業務って、楽しい！）

私はアリッサさまからのお手紙を手に、再びプリメラさまのお部屋へと向かうのでした。

幕間　母の楽しい悩み

「大丈夫かしらねえ、あの子たち……」

「奥さま……」

わたくしの言葉に、侍女たちが困ったような顔をしている。

朝早くから出ていった息子とその恋人がどこに向かったのか、彼女たちも知っているから。

ライラ・クレドリタスの態度が目に余ることは、前からバウム家に仕えている者たちならば知っていて当然の話。だからそれも仕方ないだろう。

けれど、アルダールはもういい大人なのだし彼女が傍にいるのだからきっと大丈夫に違いない。

それでも、心配なものは心配なのだ。

(生まれてくる腹を間違えただなんて、アルダールには言ったけれど)

わたくしが結婚した年齢とあの子の年齢を考えれば、土台、無理な話であることは誰でもわかる。

言ってしまえば詭弁《きべん》にしかすぎない言葉だ。

それでも、そうであってくれたらとわたくしは今でも真剣に思っている。

確かに腹を痛めて産んだわけでもなければ、赤子の頃から育てたわけでもない。

(でも、あの子はわたくしの子なのよ)

幼少期、初めて会った時にはとても従順で、優秀すぎて心配になるくらい、アルダールはよくできた子供だった。できすぎた子供だった。

自分でも、どうしてここまであの子のことを我が子として愛せるのか説明はできない。

ライラがアルダールの実母であることも、あの人がわたくしと結婚する前に彼女に対し、責任感から結婚を申し込もうとしたことも、全て知っている。

それは今でも、わたくしの中で消化し切れていない部分でもあった。

けれどそれについて決して表に出しはしない。全てを受け入れていると対外的には見せている。

わたくしなりの伯爵夫人としての矜持《きょうじ》であり、一人の女としての矜持でもあった。

（そして、大事な息子たちに母親として、恥ずかしくない姿を見せたかったという意地だった）

子供の頃からできすぎて、それがゆえに頑《かたく》なだったアルダール。

少しずつ打ち解けてくれた、けれど決して越えられなかった一線を……踏み出すことも踏み入ることも許さなかったあの子自身で向き合ってくれた時、どれほど嬉しかったことだろう！

そんなアルダールが、今、ライラと対峙する。

どうして、母親であるわたくしが心穏やかにいられるだろうか。

あの子にとって〝実の母親〟という存在が特別だということは、誰の目にも明らかだった。

それがひどい形で裏切られても尚、あの子にとっては特別なのだろうと思う。

（いいえ！　……いいえ。わたくしを母と思ってくれていると……そう、言ってくれたわ）

家族間に溝があることはずっと気にしていて、それを埋めるためにわたくしなりに努力を重ねる中で、アルダールが恋をした。

何もかもを諦めてしまったあの子が、何よりも大切に想える相手と出会えたこと、それを喜ばない母親などいるだろうか？

そして、結婚するのだと報告を受けてどれだけ嬉しかったことか！

あの夜に、アルダールはわたくしのことを『母と慕っている』……そう、言葉にしてくれた。

実の母親にはなれなくとも、それと同じくらいの愛を息子にもらった。

（だから今更、ライラに母親の座を奪われるとかそんな小さなことで悩んだりはしないけれど）

でも息子がまた傷つくかもしれないと思うと、未来の義娘《むすめ》となってくれるユリアさんに対しても失礼な真似を仕出かしているんじゃないかと思うと、気が気でないのだ。

ライラの境遇には同情する。

あの流行り病の頃、夫がどれほど追い詰められていたのか、妻の立場として当時の資料を読むことのできるわたくしは理解しているつもりだ。

夫は流行病で先代である義父を亡くした当時、まだ騎士として研鑽を積んでいる最中だった。

そのために当主としての教育は最低限しか行っていなかったということで、碌な引き継ぎもない、困難極まりない状況で当主とならざるを得なかった。

頼りにしていた義母も流行り病に罹《かか》り一命は取り留めたものの、アルダールが生まれて程なくして亡くなられてしまったと聞いている。名付けをしたのは義母……先代伯爵夫人であったことを考えると、あの子のことはきっと大切に想ってくださっていたのではないだろうか。

とにかく、夫は頼れる人を次々に失った。

親族たちは優秀な指導者を失い、それらの期待を武にだけ生きてきた若者に押し付けた。

その結果、夫は寝る間も惜しんで働かねばならず、ライラに対してのあれこれが未熟であったことは仕方がなかったのだろう。

だとしても今でも文句は言いたいけれど……それでも、彼だけを咎めるわけにはいかない。

かつての状況を思えば、わたくしに何かを言う権利はないのだ。

（アルダールは、ユリアさんと出会って未来を望んだ）

きっと、罪悪感のせいであの頃から一歩も前に進んでいない夫とライラにとって……アルダールという存在は眩しくて、憎らしくて、愛しくて、なんとも複雑な感情の対象なのでしょうね。

わたくしからしてみれば、どこまでも不器用な……夫と同じように不器用な、ただの若者に過ぎないのに！　どうしてその成長を見守ってあげられなかったのかしら！

（まあ、親の欲目で物を言うならば……なかなかの好青年に育ったと思うけれど）

きっと親族からはあの子が独立することや、ユリアさんを娶ることについて文句の一つや二つ、出てくるのでしょうね。次期剣聖のあの子は価値があると今更ながらに手のひらを返した連中が、何を寝言をほざいているのやら！

（あの子たちの手を煩《わずら》わせてなるものか）

親としてあれもこれも後手後手で遅れてしまいできなかったことを、今からすると決めたのよ。

（まあ、ユリアさんを娶ることに関しては高位貴族たちからも横槍が入りそうだけれど。……そうね、おそらくはあの方たちもそれを見越して動かれておられるでしょうけれど、一度連絡を入れてご挨拶をしておくべきね）

アルダールにとっては厄介な壁かもしれないけれど、味方になってくれればこれほど頼りになる方々はいない……そんな人々に守られるユリアさんを射止めた息子が誇らしい。

（どうせわたくしも心配で落ち着いてなどいられないし、ちょうどいいわ）

伯爵夫人の立場であれこれと動いている方がまだ冷静になれるかもしれない。

わたくしは温《ぬる》くなった紅茶を置いて、侍女を振り返った。

「ねえ、お手紙を書きたいからレターセットを準備して。それからお茶を淹れ直してくれるかしら？　そうねえ、今度はフレーバーティーがいいわ」

「かしこまりました」

お手紙は二通、自分よりも上位の方にお手紙を送るのはいつだって緊張するけれど、一文字一文字、丁寧に。礼を尽くして手紙を記せば、あの方々は無下にはなさるまい。

それに、なんだかんだユリアさんの味方であるあの方々ならば、きっと彼女がアルダールを好いてくれている限りはあの子に力添えしてくれるに違いない。

（それにしても、あの人ったら何を考えているのかしら？）

ユリアさんとの婚儀自体を反対しているようには思えないし、今更になって父親らしく息子の成長に対し壁にでもなっているつもりなのか、それとも他に思惑があるのか。

そうだとしたら、妻として正してあげなければならないところなのだけれど……。

（そもそもあの人ったら……複雑なことが苦手なんだから、変に気を回したりするから失敗するのよ。武人として下手な小細工は苦手だというなら、それこそ真っ向勝負でいいじゃないの）

大将軍として戦略を誤ったことはないそうだけれど、そのくらい器用に実生活でも頭が働いてくれたらいいのに。

（本当に不器用なのだから困ったものだわ！）

ここにはいない夫に対して、ふつふつと怒りを覚えるけれど……我慢我慢。

あの人なりに考えがあるならそれはそれでいいし、今は王城でやることがあると言っていたから帰って来られないのも仕方ない。

ただ、アルダールとユリアさんがこちらに着いたらしっかりともてなして休ませてあげてほしいと事前に連絡を寄越してくれたことは、及第点ね。

（そもそもあの子たちに苦労をかけたのは他でもないあの人なんだからこのくらい当然なのよ！）

そう言いたくてもバウム家当主の意向に対して苦言を呈することはできても、逆らうことができなかった点ではわたくしも同罪かしら。

課題はアルダールのためになることだと言われて、反論できなかった。

分家を立てず騎士爵になる、それを縁戚の者たちに納得させるには、確かにそれなりの功績が必要だと最終的に賛成したのは、事実なのだから。

（でもこれで、ようやく……）

ユリアさんに結婚を申し込んだと嬉しそうに笑ったあの子は、わたくしと夫のように仲睦まじい夫婦になりたいとまで言ってくれたのだ。

わたくしのように子を慈《いつく》しむ親になりたいとそっと告げてくれたあの言葉を、わたくしは生涯忘れないでしょう。

アルダールの、わたくしの息子の未来を守りたい。

そのためならばあまり好きでもない社交もこなすし、これまでただ穏やか淑女のふりをして適当に相手をしていた縁戚たちに対しても威圧する本家の女主人として対応だってしてみせよう。

（ユリアさんにはユリアさんなりの苦労がこれからはあるのだろうけれど、きっとそちらは周囲が

助けてくれるのでしょうしね）

彼女は自分がこの国の美的観点でいえば『望まれる美女ではない』なんて笑うのでしょうが、家庭的で人を指示する術《すべ》を熟知しており、下の者としての気持ちを理解し、貴族たちの情勢や心情を察して行動できるという、わたくしたちのような〝女主人〟から見て喉から手が出るほど欲する能力を持っているのだもの。

しかもそれを培ったのは、王城の、それも王宮で王族の近くなのだ。

補って余りあるどころか、それだけで十二分でしょう！

むしろ美貌などどうでもよくなるほどの価値が、彼女にはある。

（それに、アルダールじゃないけれど、ユリアさんは可愛らしい人よね）

確かにこう……華があると周囲から持て囃《はや》されるタイプではないけれど、一緒にいて落ち着く相手だと思うわ。これって大事なことだと思うの。

そうねえ、ゴテゴテと着飾るよりもシンプルなものが彼女には似合うわよね。

彼女の柔らかな雰囲気を最も引き出せるドレスをプレゼントしてはだめかしら。

息子二人のことはとても愛しているけれど、わたくしは娘もほしかったからそういうことがしてみたかったのよね。

（ううん、だめよね……重たいわよね。未来の義母からなんて、さすがに気が早いわ）

姑好みのドレスを贈られても困るって愚痴《ぐち》をお茶会で耳にしたことがあるし、いえ、自分のセンスがそんなにおかしいとは思わないけれど……。

ちょっと心配になってきたわ、若い人の流行もしっかり調べるべきね！

嫁いびりとかそんなことはこれっぽっちも考えていないから、彼女に似合うものをきちんと選ぶつもりだけれど……問題はユリアさんがどう思うかよね、そうよ、そこが大事だわ。

（さすがにいきなり服を贈られたら困っちゃうわよね。そもそもあの子がそれを許してくれるかわからないし……アルダールって変なところで独占欲が強いから。わたくしはただ仲良くなりたいだけなのだけれど……ああ、どうしたらいいかしら！）

手紙を書き上げて侍女に託し、新しい紅茶で喉の渇きを潤す。

そうこうしている間にも時間は経っていたらしく、執事がわたくしの元へとやって来た。

「奥さま、アルダールさまとファンディッド子爵令嬢さまがお戻りになられました」

「あら、そう！　では出迎えなくてはね。二人も疲れているでしょうから、甘いお菓子とお茶を準備しておいて。それから、そうねえ……」

ああ、こんなに楽しい悩みを抱える日が来るなんて！

この幸せをわたくしに与えてくれた我が子の幸せを、守らなくては。

何に代えても、絶対に。

第六章　貴族はなにかと面倒くさい

プリメラさまにアリッサさまからのお手紙についてお伝えすると、大変お喜びになりました。

はい可愛い。もう可愛い。

そしてお茶会に関して、私から『プリメラさま主催でアリッサさまを招いてはどうか』と提案させていただきました。プリメラさまはそのことについて諸手を挙げて賛成してくださいました！

ふふふ、それはそうですよね。

公務とは違う、楽しいお茶会がどれほど素敵なことかはビアンカさまが以前示してくださいましたからね！　プリメラさまもよくご存じなのですもの。

アリッサさまのお立場を慮《おもんぱか》ればそうした方が楽しく過ごせるということは、やはり聡いプリメラさまも理解なさっておいででした。

茶会の場とするのは私的なものであるゆえ、王女宮の内部。

庭がよく見えるテラスが望ましいだろうということで、そこを茶会の場と決めました。

いつが良いかなどについてですが、まずは主催であるプリメラさまのご都合が最優先です。

勉強、公務、陛下の突発的なお呼び出し……スケジュールはなかなか詰まっておりますからね。

それから招待状を書いて……その招待状にも趣向を凝らす方がいらっしゃると耳にしたことはありますが、それはまたの機会に。

とまあやることは決まったので、そんなこんなでプリメラさまに委細お任せいただいた私は、リジル商会に向かっているわけですよ！

お茶会のイメージは『とにかくアリッサさまに気に入っていただけるようなのがいい』という、なんとも子供らしく漠然とした注文でした。

うーん、可愛い。とにかく可愛い。

語彙力《ごいりょく》？　そんなものはとっくの昔にどこかに行きました。

たださすがに相手に気に入ってもらうことだけを考えるというのは王族のお茶会としてはいかがなものかということで、ちょうどビアンカ先生の礼儀作法の講義があったため、その点についてもご教授いただくことになりました。

それで『初めてのお茶会～もてなす側と、もてなされる側でのマナー～』という講座が開かれたんですが、この講座には私も同席するよう指示があってですね……。

(しかし学ぶことがたくさんあった……山ほどあった……)

私も茶会について、侍女にはどのようなことが求められるかってことを実地で覚えてきたのである程度の自信はあります。

それに一応、これでも貴族令嬢ですからね！

茶会に招かれた際のマナーについても、基礎はきちんと学んでいますとも。

ただ……茶会を開く側という立場でのお話は、大変勉強になりました！

国も違えばもてなしの種類も違う。それは当たり前のことですが、そこに加えて家格での問題点……たとえば同格の場合ですとか、派閥内のもの、あるいはそれらが混じった状態でのもてなし方など、主催者《ホステス》が気にすべき箇所はいくらでもあるものです。

話題の提供、タイミング……そういったものがありすぎて正直、頭がパンクしそうなんですが。

茶会を開くって大変ですね！

特に高位貴族はそういった機会が多いそうなので、ものすごく大変ってことはわかりました‼

そうだろうとは思っていましたが、主催の立場で考えるって実は新鮮な気持ちでした。

なんせ、私の立場だと補佐ならともかく主催そのものは遠い世界の物語みたいですからね。

うちみたいな零細子爵家だと招く側より招かれる側になるのが常ですから……。

（私が実家にいた頃に学んだのなんて、同格のお茶会で嫌われないためにどうするか、なんて話だったのになあ。本当に）

レベルが違うってこういう所でも出るんですね……知ってたけど‼

そりゃどうしても同じくらいの立場の人で、固まりがちにもなるってもんです。

とはいえ、お茶会。されどお茶会。

私的なものとはいえプリメラさまが開かれるものである以上、是が非でもアリッサさまにお褒めいただけるような出来にしたい……！

「ユリアさま、本日はリジル商会でどのようなものをお求めなのですか？」

「最近、リジル商会で新しいフレーバーの茶葉を取り扱っていると耳にしたんです。まだそれほど流通していないとのことですが……」

「直接出向かずとも、あちらに連絡すればよろしかったのでは？」

「お願いすれば来ていただけるでしょうが……それはちょっと、人の目につきますしね」

本日、護衛としてついてきてくれたのはケイトリンさんでした。

プリメラさまに関連することとなれば王女騎士団にも当然話は通してありますので、今度開くお茶会の下準備だということで彼女も協力してくれることになったのです。

といっても、ケイトリンさんに告げたように今回は下準備。

下準備っていうか、下準備の下準備ですね……。

なので彼女の疑問はもっともですが、王家御用達《ごようたし》のリジル商会を利用するのも外聞を考えて気を遣わないといけないことも多いのです。

確実に使うとわかっていれば呼び出してあれこれ注文……ってのはありですけどね！

それに今回のお茶会はあくまで非公式ですから、あまり目立ってあちこちから探りを入れられるのは面白くありませんし。

（フレーバーティーは好みがあるからなあ）

いろんなものを試して準備できたら最高ですよね！

私もセバスチャンさんに鍛えられている身ですので、しっかり見定めますよ！

プリメラさまの日程調整に関しては、公務の予定表が明日、明後日《あさって》までに修正されると聞いていますのでそこから候補日を導き出すのがいいと思っております。

いやあ、ごくごく少人数のお茶会でもやることはいっぱいあるものです。

（なかなか、奥が深いものですね……）

来るってわかっているお客さまをもてなすだけなら簡単なのになあ。

第三者の目も気にしなくちゃいけないってのが本当に面倒ですよね！

（いや、でも原理は同じか）

お客さまを招いて、楽しんでいただく。

その間、会話で情報収集したり交渉したりっていうのは女主人の役目なので、私がすべきことはやはり、どうお客さまに喜んでいただけるものを選《え》りすぐるか！　そこです‼

今回は親しい方に限っての話なのでさほど苦労はいたしませんが、今後は名前しか知らないような相手も招いての大規模お茶会などもあるかもしれません。

こんなことで疲れていてどうするのかって話です！

私はプリメラさまが周囲から褒め称えられるような茶会で縁の下の力持ちをしなくては‼

「……そういえば、最近はリジル商会のご子息がよく本店におられるという噂を耳にしました。例の、ユナ・ユディタを秘書にしたという話です」

「ユナさんを？」

確か彼女は地方にあるリジル商会の支店で、一から商人としてやり直し、将来的に母国とのやりとりを任せる……とかなんとかそんな感じになるんじゃありませんでしたかね？

それなのにリジル商会のご子息が秘書にして連れ回してるって……どういうことでしょうか。

商会同士の架け橋となるなら、そっちの方が手っ取り早いのかしら。

（ああ、でもそうか……なるほど、それで前回リジル商会を訪れた時に一緒にいたのか）

ユナさんに関してはもう私たちの手を離れた問題ですので、その後のことなど知る必要はありませんでしたし、こちらも率先して知りたいわけではありませんが……。

まあ、悪い噂でないならいいんじゃないでしょうか。

「なんでも大変真面目な働きぶりだそうで、そこを認められたそうですよ」

「そう、なんですね」

フィライラさまに対して執着していた彼女は、お世辞にも優秀とは言えない言動を繰り返していましたが……離れたことで良い方向に変化したのでしょうか？

もしそうならば、フィライラさまにとっても、ユナさんにとっても良いことのように思えます。

彼女と会うとは限りませんが、もしその様子を見ることができたなら、いつかフィライラさまとの話題の一つになるかもしれません。

あちらの国でもユナさんの動向については連絡をもらっているでしょうけどね。

「リジル商会が責任を持って彼女の育成にあたってくれているそうですから、その成果が出たのかもしれませんね」

「それならばよろしゅうございますが……万が一にでも彼女と遭遇した場合、ユリアさまはわたくしの後ろにお下がりくださいい。絶対にお守りいたしますから！」

「ケイトリンさんったら」

さすがにそれは警戒しすぎだと思いますけど⁉

甘く見ているってことはないですが、クーラウムとマリンナル、両国からの依頼としてユナさんの身柄をリジル商会が預かった以上、誰かに迷惑をかける前に対処してくれると思います。

まあ、前世の記憶にあるシナリオの中で、リジル商会のご子息、リード・マルク……あの【ゲーム】での攻略対象であった少年の傍にユナさんはいませんでした。

そもそもゲーム内のリードくんと実物の彼は雰囲気が違いすぎるし、全く行動が読めないというのが奇妙で首を傾げてしまいますけれども……。

まあこれも現実だから仕方ないっちゃ仕方ないんですけどね。

（考えてもさっぱりだわ）

関係ない人たちの行動パターンなんて考えてもわかるわけありませんよね！

多分、出会ったとしても会釈程度で終わりでしょう、だって関係ないし。

（私が王太子殿下側の人間だったらそうは言ってられないだろうけどさ……）

なんせ未来の王太子妃、ひいては将来の王妃さまに関連する話題ですからね！

とはいえ、王女宮としても無関係とは言えません。

（将来的にプリメラさまの義姉《あね》となることは確定しているわけだし）

それでもマリンナル王国としてはユナ・ユディタという人間をフィライラさまから切り離し、平民としてクーラウム王国の商人に預けたのです。

そこを考えると、表面上はもう無関係と考えるのが筋ってものでしょう。

あちらの国のメンツを立てるってのも大事なことですからね。

ただ、あの時あの場にいて一部始終を知っている騎士のケイトリンさんからすれば、ユナさんが今でもその境遇に対し不満を抱き、私に対してその鬱憤《うっぷん》を向ける可能性を捨てきれないのでしょう。

僅かでもその可能性がある限り、彼女が警戒するのは当然のことです。

「まあ、確かに何があるかわかりませんし……頼りにしていますね、ケイトリンさん」

「はい！　お任せください！」

それよりも私が考えるべきことはフレーバーティーについてですよ！

そっちの方が今の私には大事なんですから‼

新作があるとは聞いていますが、一体どんなものなのかしら……。

他にも良いものがあればチェックしていきたい所存。

（オーソドックスなのは基本的に王女宮で常時取り揃えているけれど、そろそろ春摘み紅茶《ファーストフラッシュ》も種類が出揃う頃よね？　目新しさはないけど、誰にでも好まれるのは確かだし）

アリッサさまも私たちにお茶を用意してくださった時は、ベーシックなものを飲んでおられました。アルダールに好みは一応確認してみましたが、何でも嗜むようだって話でしたしね……。

あの反応は、家族の好みを把握していないってものではなかったように思います。

おそらく、アリッサさまはいろいろなものを少しずつ楽しまれるタイプなのでしょう。

（だとすればちょっと風変わりなお茶も楽しんでもらえるだろうけど、それだと合わせるお茶菓子が難しくなるな……？　いやいや、話題の種に、変わったのが一つ二つあっても……）

ううむ、悩ましい。もうこの際、煎茶《せんちゃ》と芋羊羹《ようかん》でどうだ？

まあまず煎茶を見つける方が難しそうなんですけどね、この世界では。

なんにせよ、実物を見ないと決められません。

けど、こういう悩みはいつだって尽きませんよね!!

商人の方々もあの手この手で売り出すもんだから、気になっていても手を出さずにいたら次のシーズンには消えていた……なんてことも多々あるのです。

かといって全種類買っていたら予算ってものが……ああ、本当に困っちゃう!!


びっくりしました。

買い物は無事にできましたが、ええ、できましたとも。満足のいくお買い物でした！

でもね、買い物に行ったら本当にユナさんが居たんですよ。

事前にケイトリンさんからも話を聞いていましたから、さほど驚きはしませんでしたが……やはり警戒はしちゃうじゃないですか。

それこそ、私よりもケイトリンさんの方が行動が素早いっていうか、すわ一触即発か！　とまで思って私が内心びびりまくりでしたよ‼

ところがそのユナさんは私たちの姿を見るなり綺麗なお辞儀をしたかと思うと、近くにいた他の店員に向かって私たちが大事なお客さまであることを告げ、タヌキの息子……じゃなかった、リジル商会のご子息……つまりリードくんをこちらへすぐに呼ぶよう指示を飛ばし、再びお辞儀をしてその場を去ろうとしたのです。

以前の彼女とはまるで別人のその様子に、思わず声をかけてしまいました。

『……お元気そうで何よりです、ユナさん』

『ありがとうございます。みなさまのご温情で、こうしてクーラウムで働かせていただくことができております。……それでは失礼いたします』

『えっ……』

『私は以前、王女宮筆頭さまに大変な無礼を働きました。視界に入れるのも本来であれば不快でしょう。申し訳ございません、すぐに……』

『……でも貴女はもう反省して、心を入れ替えて働いてらっしゃるのでしょう？』

『……ありがとうございます』

少しだけ困ったように微笑み、また深くお辞儀をして去ったユナさん……失礼ながら、本当に同一人物なのかと疑うほどでした。

何か変な薬とか飲まされてませんかって思わず聞きたくなりましたよ。

いや、失礼な思考だったと今は反省しておりますとも。

「……本当に、驚きましたね……」

思わず声に出してそう言えば、ケイトリンさんもすぐに何のことか察したのでしょう。

彼女もまた、困惑した表情を浮かべつつも同意してくれました。

「何があったら彼女をあそこまで更生させることができたのでしょう。もしコツがあるようでしたら、是非騎士団にも教えていただきたいものです」

「そうですね……商会で何か特別な教育があったのかしら……」

思わず感心しちゃうくらい彼女の変わりように驚かされたんですよ、こっちは！　本当に‼

前にちょろっと会った時も大分落ち着いてたなとは確かに思っていましたよ⁉

でも、あそこまでこう、別人みたい……といったら失礼かもしれませんけど、そのくらい落ち着いていたユナさんを見て驚くなと言う方が無理な話です。

テキパキ動いて他の店員さんたちともコミュニケーション取れていて、私たちに対する礼儀作法もバッチリで、彼女が有能だと言われていた本来の姿をようやく見られたような気がします。

最後は笑顔でお見送りまでしてくれて……なんていうんでしょうね、憑《つ》き物が落ちたとかそんな感じでしょうか……。

（彼女も彼女でいろいろあったんですね、きっと……）

というわけで、お買い物はばっちりです。感情の振れ幅はジェットコースター気味ですけど。

まあなんにせよ、これらのお茶をアリッサさまが気に入ってくださると嬉しいです。

最低限お試しができる量の茶場を数種類購入したので、プリメラさまとセバスチャンさんと相談して決めたいと思います。どれもよい香りですから、楽しめるはずです！

（……ユナさんの件も、一応耳に入れておきましょうか）

今後、プリメラさまとフィライラさまがお茶を共にする時が来るでしょう。

その際に話題として出てこないとも限りませんし、彼女が良い変化を見せたということはプリメラさまのお耳に入れても問題はないように思います。

「まあ……というか、おそらく陛下や王太子殿下のお耳には随時情報がいっているでしょうしね！

そう会うこともないでしょうが、あの様子だと安心ですね」

「そうですね。とはいえ警戒するに越したことはないと思います。一度道を誤ったこと自体はなかったことにできないので、そこを乗り越えるというのはとても大変なことだと思いますから……」

「ええ、そうですね」

「出過ぎたことを申し上げました」

「いえ、ありがとうございます」

ケイトリンさんの言葉に私も頷いて同意を示します。

ええ、彼女の言っていることは事実ですからね。悲しいことですが、ユナさんの経歴に、あの日の出来事は消えずに残るでしょう。

（でも、みんな……前に進んでいるんだなあ）

アルダールと私の関係も、プリメラさまとディーンさまの関係も。

それから、王太子殿下とフィライラさまも。

そして……ユナさんも、ミュリエッタさんも。

つい最近出会ったばかりのような気がしますが、あれこれといろいろことがあってバタバタして
どうなっちゃうんだろうとその時はすごく心配していたのに、気がつけばそれらは過去になってい
るのです。

そのことにふと気がつくと、たまらなく不思議な気持ちになりました。

いつの間にか、過去として語れるようになっていて、みんなそれを乗り越えて前に進んでいるん
だなあと思うとこう、感慨深いっていうか。

(……いや、ミュリエッタさんは前に進んでいないかも……？)

だってほら、治癒師になったって聞いた時は自分の能力を理解して頑張ってるんだなと思いまし
たけど、つい最近のあの行動を思うと、ね。

アルダールへの執着なのか私への苛立ちなのかわかりませんけど、変わっていないなって……。

彼女も彼女で現状を受け入れてくれれば、きっと良いようになったでしょうに。

注意は何度もしましたし、親しい仲でも親戚でもないからこれ以上のことは私にはできません。

(でも、もし)

そう……もしもの話ですが。

助けてくれと彼女から泣きつかれたら。私はどんな態度を取ればいいのでしょうか。

突き放す？

虫が良いって追い返す？

(……イラッとさせられることも多かったし、私のことを軽んじていた様子もあったし、決して友

好的な関係が築けたとは思わない）

でも彼女が転生者として、苦労しているのだとしたらと思うと……そんな甘いことじゃだめだとわかっていてもやっぱり助けてしまいそうですよね。

私は恵まれています。人にも、環境にも。

それは認めるべき事実です。

容姿や知能やチート能力などは持ち合わせておりませんが、それを補って余りあるものが私にあるからこその余裕であると、今ではきちんと理解しています。

（そもそも、助けなんて求めてこないか）

ちょっと不安定そうに見えてたミュリエッタさんのことを心配しちゃうとか、私もお人好しだなあと自分でも笑っちゃいますね。

こんなこと知られたら、またアルダールや王弟殿下に叱られてしまいそうです……。

（そうよね、私は私のことで精一杯。大切な人を大事にして、毎日をきちんと過ごしましょう。きっと彼女だってそれを理解する日が来るだろうし）

これぱっかりは誰かに教わるもんじゃないと私は思います。

ただ願わくば、それが後悔と同時でありませんように。

そのくらいは祈っても、害はないでしょう。

あの頑なだったユナさんでさえ更生できたんです、きっとミュリエッタさんだって現実を飲み込んで幸せを掴み取ることができるはずです。

なにせ彼女はヒロインで、誰よりもハイスペックになれるんですから！

（あら？　でも……）

アルダールが、お見合い話を持っていったんですよね。

近衛騎士が持っていくくらいだから、相当高位の人が噛んでいる……というか王族がその縁談の裏にいるとはっきり言っているようなものですが。

（それって、誰との縁談なのかしら）

ミュリエッタさんの置かれている状況って、普通じゃないですからね。

ほぼほぼ結婚が決定事項っていうのもびっくりですが、入学も確定事項でしょう？

きっと卒業と同時くらいに結婚とか、そういうスケジュールが組まれている気がします。

相手方もそれを了承してのことでしょうから、問題はないんでしょうが……。

（……今頃、後悔しているかも）

ああ、人生ってままなりませんね。

どうやったら〝上手く立ち回る〟とか〝思った通りになる〟ようにできるんでしょう。

私がもっと手際よくできたら良かったのかなと思う日があります。

でもそう思うこと自体がきっと、驕《おご》った考えなのでしょうね。

（王女宮筆頭っていう地位にあったって、結局できることは精一杯働くだけなんだもんな……）

それがきっと大事。基本の、一番大事なところ。

わかっていても時々こうして振り返ってしまうのは、きっと私の悪い癖なのです。

少しずつ反省して、直していかなくては。今後のためにもね！

「ユリアさま、そろそろ王城に着きます」

「はい。今日はありがとうございました、ケイトリンさん。また近いうちにお願いするかもしれませんが……」

「その際はどうぞ気兼ねなくお声がけください！」

　にっこりと笑ってくれたケイトリンさんに、私は筆頭侍女としての笑顔を返して馬車の窓から外を見ました。

　綺麗な夕焼けが、そこにはあります。

　さあ、戻ったらもう一仕事ですよ！　素敵なお茶会にしてみせましょう!!

「さて……お茶会についておさらいをしましょうか」

　今日はビアンカさまのその一言から始まりました。

　お茶会を開くための場所、招くお客さまの選定、それから招待状。

　それからご参加いただけるお客さまのアレルギーなども考慮した上で、季節に合わせた茶葉や菓子類を複数用意すること。

　茶器はその時に合ったものの中で最高の物を用意し、お客様方に対し『自分たちは招かれた特別な客である』と思っていただけるようおもてなしすること。

　これが使用人側で必要なことです。

　細やかなあれこれは他にもありますが、大筋はこんなものでしょう。

招く側である主人によって選定される物事の前、つまり下準備こそが我々の仕事なのです！

とはいえ、今回はあくまでアリッサさまをお招きするにあたり、茶会を開く練習である……とい
う形をとっておりますので、授業の一環としてビアンカさまに指導をしていただいているのですが
……ただ、ちょっとおかしな点がですね？

「あの、ビアンカさま」

「何かしら？　ユリア」

「招待状を送る相手の選び方、その理由。身分に応じた招待状の書き方……招く側が知っておかね
ばならない内容であると思いますし、私たち使用人側も知っておいて損はないと重々承知しており
ます。おりますが……」

「ええ、それが？」

「何故！　私が！　プリメラさまと席を並べて学んでいるのでしょうか……!!」

「今後役に立つからよ」

いや、そうじゃないから。

我が国の王女様とその侍女が何故に同列で学ぶんだよって話なんですって、ビアンカさま！

楽しそうにコロコロ笑っているけど、身分差ァ！　そこ考えて!!

こんな現場が見つかったら、私が統括侍女さまに呼び出されて反省文を提出の上でお説教一時間
コース間違いなしですからね!?

前回のようにプリメラさまの後ろに控えてメモを取るとかそういうんじゃダメなんですか!?

「まあ、理由がないとユリアとしても納得できないわよね」

「……理由が？」

面白がっているのかと思ったらそうではなかったようです。

とはいえ、侍女をその主人……しかも王女と共に学ばせるってのはかなりな問題だと思いますが。

「ええ。正直なところを言えば、ユリアに学んでおいてもらって損はないから、かしら」

「どういうことですか？　先生」

手を挙げて質問をするプリメラさま、可愛い。

さっきまで私と一緒にお勉強できるの嬉しいとか言っていて、もうそりゃ天使かよって思ってましたけど、ああもう可愛い。

「そうね、確かに説明が足りなかったわ。ユリアは侍女であると同時に、基礎の令嬢教育が終わっている子爵令嬢。今回プリメラさまの授業には、その両方の観点が必要なの」

「……両方の観点、で、ございますか」

ビアンカさまが説明してくれたことを要約するとこうだ。

プリメラさまやビアンカさまはこの国で言えばヒエラルキーの頂点にいる淑女、それゆえにどうやっても基本的には招く立場側であること。

勿論、箔《はく》をつけるために王女を招きたいって高位貴族は絶えないはずなので招待は山ほど来るでしょうが、どこに参加するのかは慎重に選ばないといけません。

なにより嫁いで立場が変わることはこの国の女性として往々にしてあることなので、下の立場になって上の者を誘う文言《もんごん》を学ぶことは必要なこと。

ただし、それに関しては教科書にあることしか学べないため、王家の女性は信頼できる他家の人間からそれらについて教えてもらうのが良い……そういうことでした。

「本来ならばわたくしの一門に連なる誰かに話をさせても良いのだけれど……うってつけの人材がそこにいるじゃない？」

「はあ……しかし、私は茶会については殆ど知りませんよ？　実家で茶会を主催するなどありませんでしたし、聞いたこともありませんし……なにより私はずっと王城勤めですし」

「そうなの？　みんな頻繁にお茶会を開いていると思っていたわ」

私の言葉にプリメラさまが不思議そうな声を上げた。

おや、と思った私にビアンカさまがホラ見たことかと言わんばかりにニッコリと笑う。

なるほど、そういうことか。

「いいえ、プリメラさま。そのようなことはございません」

確かに領地持ち貴族は一般的に言えば、国の中で中層から上に位置する富裕層と言っていいと思います。ですが、領地の運営状態によってはカツカツな懐《ふところ》事情を抱えている場合もあるのです。

茶会を開くということは小さな社交場を作り出すということ。

影響力がある人に招かれればその人と繋がる、或いはその関係者と知り合える可能性があるのでみんな上手く溶け込もうと考えるしお近づきになるチャンス。

逆に考えれば、招待状を送ることで親しくなれるってこともあり得ます。

単純に友達関係を構築って話ではなく、利害関係ってものが社交界にはありますからね。

これらの横の繋がりは時としてそれぞれの家に影響を及ぼすこともありますので、馬鹿にできません。良くも悪くも自分の地盤に関係すると思えばみんな必死でしょう。

また社交の場で知り合いが増えるということは、どこの社交場に行っても知り合いがいる、或いは友人がいるという心強さもあるのです。

ぼっちのパーティー会場なんてアウェイもいいところですからね‼

そういう意味では王族や高位貴族は常時引っ張りだこですとも。

でもそれは例外。

基本的に侯爵家から上の、いわゆる高位貴族と呼ばれる方々はそのネームバリューからお呼ばれすることも、お招きすることも、両方こなすことが多いかと思います。

伯爵家も割と多いかなと思いますが……そこはある程度、懐事情が物を言うところかなと……。

では下級貴族はどうか？

そりゃもう、少し考えたらわかることですが……よっぽどのところじゃないと高位貴族を招くなんてとてもとてもできません。

お金もない、領地に特色が少ない、領主に特別な能力があるわけでもない平々凡々なところが他家を茶会に招いたとして、どれだけ人が集まると思います？

そう、大したことはないですよね。だってぶっちゃけ旨《うま》みがないですもの。

下手したら親戚くらいしか集まらないで終わりますよ！

大々的に偉い方をお誘いして張り切った結果、お越しいただけなかったら大ショック。

ちなみに招待状を出すのは遅すぎても勿論ダメですが、早すぎてもダメなのです。

ということは、招待状を出した時点ですでにこちらは事前準備を始めているわけですから……張り切りすぎて一番のゲストと思っていた方に来ていただけなかった場合、面目《めんぼく》丸潰れになるリスクを孕《はら》んでいるってこと。

かといって、来ないだろうなんてタカを括《くく》ってこぢんまりとしたものにしちゃって逆に恥を掻く可能性だってあるのです。

ある意味これも駆け引き……そう、駆け引きなのです！

いやね？　全ての茶会が殺伐としているわけじゃありませんよ？

ただ私の中で侍女界隈に流れる噂も相俟ってそういうイメージがですね……。

はい、反省‼

「……そういうわけで、確実に成功する茶会でもない限り下級貴族が率先して開くことはございません。同程度の方を招くなど、茶会と呼ぶには小さなものであればあるかと思いますが……」

「確実に成功する茶会って、たとえばどういうの？」

「そうですね……新当主の就任祝いですとかそういうものでしたら、寄子《よりこ》と寄親《よりおや》の関係で上位貴族の方がお越しいただけるかと思います。それであれば他の招待客に対して面目も立ちますし、まず失敗はないかと……」

「なるほど……そういうことなのね！　勉強になるわ‼」

「こういったことはわたくしたちのような立場ではなかなか知ることができませんわ。自分の家のことを話すようで気が引けるという者も多いですから。その点、ユリアは侍女という立場もあって複数の視点でものを語れるでしょう？」

「そ、そうでしょうか……」

「ええ、誇っていいわ。それは貴女の強みだとわたくしは思っているの」

ビアンカさまは私の言葉を受けて満足そうに笑いました。

えっ、なんだかものすごく褒められたんですが釈然《しゃくぜん》としません。

だって今の話は割と下級貴族の間では暗黙の了解っていうか……しかもビアンカさまってば、絶対にその内情ご存じですよね？　そんなカオしてますもんね⁉

（……まあ、下級貴族出身の私が語ることで真実味が増すって思ったのかな……）

実際、プリメラさまも私の話を聞いていろいろと考えておられるようだし。

確かに暗黙の了解ということもあって、語るのを躊躇う人もいるでしょうからいい機会だったのかもしれません。私はこの場だけの話だとお二人を信頼しているので、語ることになんにも後ろめたさは覚えませんけどね！

「そうよね、わたしが誰彼構わず誘ったら混乱させてしまうし……逆に身分差がありすぎる相手を招いたら分《ぶん》不相応と相手が言われてしまうこともあるのよね？　例えば、そうね……ウィナー男爵令嬢を誘ったとしたら彼女に迷惑がかかる可能性もあるってこと？」

「さようですね、難しい話ではありますが。プリメラさまが親しくなりたいと願っているということでお誘いになるならば、表向き文句を言う者は誰もおりませんでしょう。けれど、あちらはいらぬやっかみを受けることは必定《ひつじょう》でしょうし、ウィナー嬢の立場であれば事情があろうと王女殿下のお誘いを断るなど、恐れ多くてできません」

だから多くのご令嬢たちは同じ程度の身分で固まりやすいんですよね。

他にも、懐事情という面でも隔《へだ》たりがだね……こう、ドレスを新調しなくちゃいけないとかブランド品を持ってないと馬鹿にされるとか、そういった小さくもない負担は下位貴族にとって正直馬鹿にできない問題なんだよね！

招待する側は準備でお金がかかるし、招待された側もまた準備でお金がかかるのです。

同じ程度の貴族同士なら懐具合も似ているから、そこまで気にしないっていう気楽さもあるんだけどね……高位貴族を前にする時はやっぱりあれこれ新しくしちゃいがちって聞きます。

そこに加えて、身分至上主義って厄介な人たちもたまにいるんですよね。

大規模茶会などであからさまに下位貴族をバカにしたりするような妖怪爺《じい》みたいな。

誰だって誰かを傷つけたり憎まれたり、それが原因で妬まれたり……そんなことに巻き込まれたくはありませんから、率先してあれこれ動くデメリットの方を重視するでしょう。

「そう……やっぱり難しいものなのね」

「はい。一見華やかな場ではありますが、社交は貴族令嬢たちにとって駆け引きの場ですから」

ビアンカさまがそう、艶やかに微笑みつつもきっぱりと仰いました。

茶会は女たちの戦いの場でもあるのよ！　って言っていたお義母さまを思い出します……。

プリメラさまもわかってはいても確認したかったのか、特に驚く様子はありませんでした。

「……それはわたしのお願いであっても、強制となり、相手の負担になるということ、ですね？」

「そうです。わたくしたち上位に立つ者は、それらを考慮した上で行動せねばなりません」

厳しい表情でビアンカさまはそうプリメラさまに言って、それから視線を私に向けました。

まるでそれは『ちゃんと貴女も覚えておきなさい』と言わんばかりのもので……えっ、わかってますよ⁉　ちゃんとわかってますってば‼

（プリメラさまがこれから茶会を開かれる際にはどなたに招待状を送るのか、それらのリストを管

理して必要とあれば諫言《かんげん》することもいたしますとも‼）

そんな私の視線を受けてなのか、ビアンカさまは何故か楽しそうに微笑みました。

その笑顔の意味がわからなくて少しだけ困惑しちゃいましたが、ビアンカさまからは教えてもらえそうにありません。

これは自分で考えなさいっていう課題でしょうか。

「さあ、それじゃあ今度は招待状の書き方についてしっかりとおさらいしておきましょう。ユリアも使用人側の立場で意見をどんどん出してちょうだいね！」

「頼りにしているわ、ユリア！」

「……かしこまりました」

どんどんって言われてもなあ。そんなに出てくること、あるのかしら……。

私はそう思いましたが、とりあえず深く頭を下げておくのでした。


ビアンカさまの講義で、高位貴族と下位貴族における〝お茶会〟に対する物の見方、招待する側される側での対応の違いについて、使用人に主人が求めるもの、その逆の場合はどのように行動すべきか……など、とにかくあれこれと学びました。

いやあ、脳みそがいつも以上に使われた感じがしてとても疲れましたが、心地良い疲労感です。

そして夜。

私はアルダールと城内の食堂で夕食を共にしていました。

城内にある食堂は誰でも利用することが可能で、空きさえあれば個室も利用可能という至れり尽くせりな場所なので王城で働く人間は割とみんな利用しています。

時には偉い方が部下を連れて食堂に……なんてこともありますから、緊張感もありますけどね。

勿論、お値段もお手頃価格です。毎回利用する人は給料から天引きもできるのです。

お城の料理人が作るお料理でそんな至れり尽くせりときたら、そりゃ利用しない手はありませんよね。これぞ王城で働く醍醐味《だいごみ》！

……なーんて、実のところを言うと平民出身だったり下級貴族出身の使用人は実家からの仕送りがなかったり、逆に仕送りをしていたりと……まあみんな大変なので、こういう場所がないとやりくりが厳しいんですよね。

王城で働くって言っても幅広いですから！

現実は世知辛いのです。トホホ。

城内で部屋を与えられている人は、その家賃を差し引いた額が給金だと思っていただければわかりやすいでしょうか。私もその一人です！

ちなみに筆頭侍女の場合はお手当もありますけど、いい部屋だけに家賃もお高いですよ！

執務室の隣っていうことを別にしても王宮の良質な個室、しかも小さいながらに水回り完備。冷暖房の器具もあり、防音でしかも備え付けの家具は一級品。

その上、普通に城下で部屋を借りるよりもずうーっとお安いと来たらもうね‼

（メッタボンの料理も、食堂の料理も、どっちも美味しくて舌が肥えちゃうのよねえ……）

悩み所はそれですよ！

たまに外で食べようって気分にならないくらい美味しいのも悩みの種です。

ちなみに王女宮では賄《まかな》いが出ることもありますが、それは専任のシェフを雇っていることと、少人数だからできることであって……本来なら私たちも食堂を利用する側なんですよね。

私もアルダールも王城で働き始めてからずっと、この食堂にはお世話になっております。

「個室だと周りの目を気にしないでいいから助かりますね……」

「そうだね。最近は周囲の目もあるから……ごめん。私がモンスター退治で目立ったせいかな」

「まあそれもあるんでしょうけどね」

そう、今回は個室も借りられたのでのんびりお喋りを楽しんでおります。

アルダールが各地のモンスターを退治して回った件で、下級騎士や城内の兵士からこう……憧れの視線っていうんですかね？　そういうのを向けられて落ち着かないそうで。

おそらくついこの間の、旅行の際に私を抱いたまま移動したことも関係しているのではないかと
……いやそんなことない！　そんなことはなかった‼　そんなの記憶にありません‼

まあほら、前々からアルダールは人気でしたからね……！　仕方ありません。

その関係で私も注目されているっていう現実はしっかり受け止めていきますよ。

あの日の醜態については忘れました‼

ちなみに今日のディナーセットは魚のパイ包みにサラダ、パン、オニオングラタンスープにデザートです。なかなかボリュームがあるのですが、中には足りなくて他のお皿をお願いする人もいます。アルダールも今回ガレットを追加してましたね。

「……というわけで、ビアンカさまからご指導いただいて、アリッサさまを実際におもてなしするという課題を与えられたの」

表向き、ビアンカさまが淑女レッスンの一つとして『茶会を開く』という課題をプリメラさまに出したということになっています。

その相手に陛下の信も厚いバウム伯爵さまの奥方であり、婚約者候補であるディーンさまの母君を選び、もてなしについていろいろと話を聞く……というコンセプトですね。

対外的には将来の嫁姑関係を公爵夫人が橋渡しをしている、貴族派と軍部派、王家は恙ない関係を築いていると示すものにもなるわけで……。

中身はただ単に仲良くお茶したいですね！　っていうだけなんですけども。

（本当にもう、あっちこっちに気を遣って面倒くさい……）

なかなか小難しい話ですよね！　もっとなんの構えもなくお茶会を楽しみたいものです……。

まあそんなこんなでこの茶会はあくまで〝課題〟！

隠すほどのものでもありませんから、ここでも話すことができるのです。

これが実際の茶会だったら、開催決定まで漏らさず真剣にセッティングですよ……！

今はそうないそうですが、相手を貶めたい勢力が茶会の成功を阻止すべく、事前に情報を集めて邪魔してくる……なんてことも昔はよくあったそうですから。

「ふうん、母上を招いて……か」

アルダールは私の話を聞いて、少しだけ考える素振りを見せました。

首を傾げる私に、彼はにっこりと貼り付けたような笑みを浮かべています。

「なるほど。じゃあその日は私も夜勤は外してもらっておこうかな」

「え？　どうして？」

「義母上のことだ、その茶会が終わったらそのまま私に面会を申し込んでくるんじゃないかと思ってね。あれやこれやと自慢話を聞かされる覚悟を、今のうちにしておくよ」

「まあ！」

自慢だなんてそんな。

でも確かにプリメラさまと直接お言葉を交わす機会なんて、なかなかありませんからね……。

アリッサさまも将来の娘、あるいはバウム夫人を継ぐ相手としてのプリメラさまとの会話をきっと楽しみにしていることでしょう。

それらを差し引いても天使のようなプリメラさまとのお時間、これを楽しまない人などいないと私は思っておりますけども。

ちなみに私もアルダールの幼い頃の話なんて聞かせてもらえたら嬉しいなあなんて思っているので、楽しみでなりません！

（これはアルダールに秘密だけどね……）

アルダールをちらりと見ればにっこりと微笑んでくれるんですが、心なしか笑顔が怖い。

バレている気がしないでもありませんが、秘密なんですってば。

「それはそうと、私たちの婚約について……顔合わせの日程調整を両家で始めることになったと親父殿から今日、聞いたよ。それに先駆けて、というのもなんだけれど、近い休日で一緒に町に出られないかな」

「町に？　ええ、構わないけれど……どうしたの？」

「婚約に際して指輪を贈るのに、ユリアの意見を聞きたいんだ。今のうちから発注しておけば、婚約式の前には完成しているだろうし……少しでも早く、贈りたいと思っているから」

「……え、ええ、わかったわ。あの、でも、そんなすごいのじゃなくていいのよ？　既製品のシンプルなやつでも十分……」

「またそんなことを言って。こういう時くらい、いいだろう？　一緒に選びたいんだ」

うう……確かに！　そういうことに！

私だって夢見たことがないわけじゃないですけども‼

正直なところをいえば、特別なものですからね。

一生の宝物ってやつでしょう。

それなら確かに細部までこだわって、長年愛用できる品を選ぶことが大事だと思います。

特に婚約指輪は貴族令嬢にとって華やかなものほど良いと昔から言われており、どれだけ相手とその家から大切にされているか、権威を示すものともされていますからね……。

婚約式には両家家族の他に親しい方々や、横の繋がりで上位の方にもお越しいただいたりするのが貴族としては一般的。

その時に将来の花嫁がちゃちな指輪なんて着けていたら、品位を問われることでしょう！

でもだからってなんていうか、これから騎士爵とその妻なんだし。最初っから贅沢なんて気が引けるし、なんだったら私はアルダールとお揃いってだけで嬉しいっていうかなんていうかそれを説明するのはかなり恥ずかしいな！　無理‼

「まあ、私は騎士爵になるのだし婚約式だって内々のものになるだろうけれど……せめて、ユリアが恥ずかしくないようにしたいんだ。このくらいはさせてほしい」

私が言い出せないことを見越してアルダールがこうして誘ってくれているのだろうとわかっちゃいるのですが、どうにもこうにも恥ずかしくて素直に……ああもう！

「……ありがとう、アルダール。仕事中はお互い指輪をネックレスみたいにすることも考えて、チェーンも注文してもいいかしら」

「いいね。そうしよう」

結婚したら常に身に着けるのは結婚指輪になるわけですが、折角なら婚約指輪もずっと身近に感じていたいじゃないですか。とはいえ華美なものを職務中に身に着けるのは立場もあって憚《はばか》られるので、ネックレスにできると嬉しいです。

それにアルダールは剣を握るから、指輪は邪魔かなって。

私の提案にそっと微笑んで受け入れてくれるアルダールに、また胸がキュンとしました。

少しずつ、少しずつ。

現実的なものになっていくこの過程は、実感を伴うのに……それでもまだ夢のようだと思ってしまうのです。

ああ、私はこの人と、結婚するんだなあ。

（今だってなんかこう、ふわふわとした気分だし……）

こちとらついつい緩んでしまいがちな表情を引き締めるのが大変なんですよ！

ほら、淑女としても筆頭侍女としても緩みきった顔なんて見せられないでしょ‼

でもそうですね、私たちの関係は、お互いの両親が祝福してくれているものです。

だから問題なく婚約までいくことはわかっていますし……そうなると、もうその先の、婚約式について考えてもいいんですよね。なんだったら結婚式についても。

いやそれはそれでお互い上司だの親戚縁者だの友人だの、呼ばなきゃいけない人リストを作らなきゃいけないっていう面倒くさい作業が待っているんですよね。

面倒くさいな！（二回目）

「ああ、そうだ。指輪の件もだけれど、もう一つ相談があるんだ」

「相談？」

なんだか結婚式のことまで考えてしまったら照れくさくて変な笑いが出そうになるのを堪えていると、アルダールはため息を一つ吐き出しました。

うん？　なんだろう、悪い話ではなさそうですが……。

「実はね、婚約する予定であることを近衛隊の隊長に報告したんだ。まあ、親父殿から条件を出されてそれを隊長も了承しているから、隊長もどういう事情かはご存じだけど一応ね」

「ええ……それはそうよね」

そうですよね、アルダールが私と婚約するためにバウム伯爵さまにかけあった結果、何故か各地のモンスター退治に駆り出されることになったんだから……隊長さんが事情を知っていてもおかしくないっていうか、当然ですよね。

自分のところの騎士が駆り出されるんだからそりゃ事情を聞くでしょうよ。

そしてアルダールも上手くいったら報告もするよね！

私もそのうち、顔合わせの日が決まってから統括侍女さまに報告する予定ですし……。

顔合わせが行われるまでは暫定《ざんてい》でしかないのが貴族の婚約なので、きちんとまとまってから報告するのが筋と言われてはいます。

アルダールが隊長さんに報告したのは、バウム伯爵さまが顔合わせの日程調整に入ったと先んじて教えてくださったからのことでしょう。

でも私は『あくまで予定でこれからの日程は不明です』なんて報告したら叱られると思うので、ある程度情報がまとまってから報告したいと考えています！

決して後回しにしているわけではございません‼

「それでね、うちの隊長が是非一度ユリアに挨拶したいって言い出して」

「まあ、挨拶ですか。……え？　挨拶？」

「そう。挨拶」

「誰が」

「うちの隊長が」

「誰に」

「ユリアに」

にっこりと笑うアルダールのその表情に、私は拒否権がないことを悟りました。

ええ、ええ、将来の夫の上司である方にご挨拶くらい当然ですよね！

でもそれって、こんなかるーくお話がくるものだったのかな⁉

「わ……わかりました。都合の良いお時間とかわかったら教えてね。こちらで合わせるから」

「ありがとう」

でもそれなら腹を括りますとも！

王城内でのご挨拶、そのくらい筆頭侍女として如才《じょさい》なくこなしてみせますよ！

……いえ、今回は違います。アルダールの婚約者として、ですね‼


とはいったものの、さすがに近衛隊の隊長さんとなるとお忙しい方なので、なかなか都合がつかず……あちらは挨拶と言いつつもゆっくり話がしたいらしいんですよ。

そのため、もう数日待ってほしいと言われてしまいました。

……しっかりとお時間を取るとは一体なんのご用ですかね⁉

（それにしても指輪かあ……指輪、ねえ）

アルダールと別れ、自分の部屋でベッドに寝転びながら手をかざして指を見つめました。

自分で言うのもなんですが、割と綺麗な手をしていると思うんですよ。

（私の指に、嵌《は》まるもの……）

まだ何も想像できません。

今までだって、アクセサリーをつけたことくらいありますよ？

これでも令嬢の端くれですからね！

ただ、仕事仕事で……指先が割れていたり爪が整っていないとみっともないから、そこはきちんとケアはしてきましたけど！

（だから……まあ）

言い訳みたいになりますが、侍女として働いている間は指輪なんてする必要もなかったわけで。

今まで、外出する時に気軽にネックレスとイヤリングくらいは……まあ、それなりに。

あくまで〝令嬢としての嗜み〟として購入したものですが、指輪は自分でも買ったことがなかったことに、今更ながら気づきました。

（どんなのがいいだろう、私だけじゃなくて……アルダールにも似合うもの）

お互い、職務があるから普段使いというわけにはいきません。

装飾が派手なものはネックレス状にするのは適さないと思います。

かといって、婚約指輪はお披露目会を開いた際に映えるものというのが一般的ですし……ああ、悩ましい！　アルダールの指なら金でも銀でも似合いそうです。

（いやいや、今からこんなに悩んでいてどうするの。私ったらもう……）

なんなら宝飾店の人に相談しながらでいいことを、こうやって悩むだなんて！

どんだけ浮かれてるのかって話よね……お恥ずかしい。

いい加減婚約するってわかってるんだから落ち着きを持ちたいと思っているし、理性を働かせねばと自分を叱咤する日々ですよ。

（そういえば、手紙が来てたんだっけ）

ふわふわした気分のまま部屋に戻ってベッドに突っ伏したけれど、私的な手紙が届いていたことはちゃんと気づいてましたよ！

ただ、誰からのものなのかとか、確認はまだですけど。

急ぎの手紙が来る予定もないですし、今すぐ見る必要はないのでしょう。

ですがなんとなくこの気持ちのままだと落ち着かなくて、私は手紙に手を伸ばしました。

青いシンプルな封筒をひっくり返してみると、そこにはお義母さまのお名前が。

（なんで？）

予想外のことに私は目を瞬かせました。

考えたところで答えは目の前の手紙に記されていますので、サッと封を切りました。

お義母さまからのお手紙は、相変わらず綺麗な字で丁寧に記されています。

時候の挨拶から始まって、顔合わせについての打ち合わせは順調だから安心してほしいという頼もしい内容が記されておりました。

おそらくバウム領での顔合わせ、もしくはバウム伯爵さまのご都合によっては城下のバウム邸での顔合わせをする方向で今のところお話が進んでいるのだとか。

内容自体はここ最近の不穏な空気なんてまるで感じさせない、なんてことはないものでした。

折角のご縁なので、バウム家の方々にファンディッド領の菓子をご賞味いただきたいと思うがどうだろう、なんていう微笑ましいものもありましたね。

きっとアリッサさまなら喜んで受け取ってくださると思います！

まあ、確かに華やかさには欠けますが……。

（素朴な味わいの焼き菓子の数々、捨てたもんじゃないと思うんだけどな）

うちの領は自然豊かだから木の実とかもたくさんありますしね！

ファンディッド領のナッツクッキー、美味しいんですよ？

さらにメッタボン監修でファンディッド家の料理人たちのレベルアップもしているわけですし、他領のお菓子にそう引けを取らないと思うんです。

「あら？」

そんな微笑ましい世間話が記された便箋は、二枚目が存在しました。

そして二枚目に入った途端、お義母さまの一行目がめちゃくちゃ不穏ではありませんか。

『慶事の最中にこのようなことを伝えるのは不本意だけれど、万が一ということもあるので念のため知らせておきます』

ですって‼

なんと、現パーバス伯爵……つまりお義母様の兄がどこからか私とアルダールの結婚話を聞きつけて、待ったをかけてきたんだとか。

は？　なんだそれ。

勿論、お義母さまも同じように思われたようですが、届いた手紙を見る限りそりゃもう驚いてしまったそうで……。

どうにもまともと思えないので断りの書状は送っておくし、バウム家にもこちらが乗り気であることは念押ししておくけれど、そちらも気をつけて……というものでした。

いやあ、要約するとなんていうか、同じ伯爵家ならファンディッド家とパーバス家の繋がりをより強めるためにもエイリップさまと婚約させるべきである……というものだったそうです。

は？　なんだそれ（二回目）。

新伯爵がどのような思惑でそんなことを言ってきたかわかりませんが、個人的にも、貴族的に見ても、ファンディッド家になんのメリットもありませんね！

そりゃもう笑っちゃうくらいなんにもないです。

（同じ伯爵だなんて、よくも言えたなコノヤロウ）

そういやお義母様の兄ってのはキースさまを一方的にライバル視してたんだっけ？

その息子のエイリップさまも一方的にアルダールをライバル視してたことがあるから、要するに似たもの親子なんだなあ！

（同じ一方的でもまだ脳筋公子の方が真っ当に見えるから不思議だわ）

元々厄介な性格だったけど、あの方は少なくとも真っ直ぐは真っ直ぐだったものね……。

謝罪も一応できる人だったし。脳筋なだけで。

（とはいえ、そんなことを言い出すなんて確かに普通では考えにくい……）

確かに私とエイリップさまは年齢だって釣り合っているし、縁続きとはいえそれは血縁ではないので婚姻関係を結ぶのになんら問題はありません。

ただまあ、確かにそうして婚姻関係を兄弟姉妹の縁者で結び、両家の繋がりを強めるということは今も昔も聞いたことはありますけど……ファンディッド家とパーバス家でそんな結びつきをする必要性ってまったくもって聞いたことありませんね！

同盟とか大きな派閥の問題を解決する方法ですよ、これ。

私たちのような端っこの貴族がやる意味なんてほぼない案件ですよ……。

（どうしてそれでいけると思ったのかしら）

お義母さまが昔のまま、唯々諾々《いいだくだく》と従うと思ったから？

それとも、この手紙自体は特に意味はなくて他に何か裏がある？

いずれにしても、確かにこれは警戒をしておくに越したことはありません。

あくまで念のためレベルですけどね！

（アルダールに伝えるのは当然として、後は誰に伝えるのが妥当かしら）

本当なら顔合わせの日が正式に決まってからご報告するつもりだったけど、統括侍女さまにも早めにお話を通しておくべきな気がしてきましたね。

（それから……ビアンカさま、ヒゲ殿下、キースさまにご相談の書状を送って、他にはセバスチャンさんと王女騎士団に相談して警戒を強めてもらうってところかしら）

万が一にでも私を通して王家を狙う輩が関与しているなんてことになったら、とんでもないことです。ないとは思いますが、それでも最悪を想定して行動をしておくべきです。

なにせ私の婚約について触れているとはいえ、その相手が〝宮廷伯のバウム家長男〟で〝剣聖候補〟なわけですからね……。

そして私も〝ただの子爵令嬢〟ではないことを、そろそろ自分でも認めるべきなのでしょう。

プリメラさまに信頼をいただいている侍女で、王家の方々と言葉を交わすことを許されている王女宮筆頭で、王宮内に精通している私がただの子爵令嬢と名乗るには少々……いえ、かなり自覚が足りないというものです。

そのくらいは自惚《うぬぼ》れではなく自己分析できていますよ‼

まあ、口に出してとか、自慢とかするようなことでもないから言葉にしないだけで。

(ただまあ、そこに誰がどのような価値を付けるかってのが問題だってことですよね)

まったくもう、真面目に働いてようやく恋にも慣れて関係を進めるまでに至ったってのに、あれこれ外野がうるさいなあ!

ほっといてほしいもんですよ、私たちは誰にも迷惑かけずに幸せになろうとしているだけなのに。

そこに権力争いですとか、裏で暗躍とか……厄介なものを持ち込まないでいただきたい!


そして翌日。

セバスチャンさんに説明をして王女騎士団への警戒の件を伝えてもらうよう頼んでから、私は統括侍女さまにお時間を取っていただき報告をいたしました。

日程がはっきりしてからと思っていたんですが、新伯爵の思惑がわかりませんからね。

成立していないとはいえ、私の婚約の件にお祝いの言葉をいただき、喜んでくださいましたよ!

ですが、パーバス伯爵から横槍が入っていることをお伝えすると眉を顰《ひそ》めてらっしゃいましたね……。口には出さないけど不快感を隠しもしてませんでした。

統括侍女さまがそういう態度を見せるっていうのも珍しいですが、私のことを可愛がってくださっているのかなと思うとちょっと面映《おもは》ゆい気持ちになりました!

(いやでも、まあ、そういう反応したくもなるよね……)

実はアルダールと私の関係について、あくまでプリメラさまの婚約に関連している政略的なものでしかないというやっかみの声は今でもあるんです。

ですが普通に考えてそれならそれで本人たちが納得の上で婚約が調ったとも取れるわけなので、横槍を入れる方が今更って感じですよね。

まあ！　実際はただの恋愛結婚する予定なだけなんですけどね‼

統括侍女さまもそのあたりの事情をご存じだから、パーバス伯爵のその見当違いな動きに呆れを通り越してもう嫌悪感を抱いたのかもしれません。

（いやあ、それにしても私みたいのでも変われるもんですねえ）

昔は……ってそんな前でもないんですけど。

とにかく、当初はあーだこーだとウダウダしていたって自覚はあります。

でも今はやっかみとか嫉妬とか……陰口をいくら言われようと、鬱陶しいとも思いません。

まあ元々そこまで気にするタイプでもなかったんですけどね。

最初の頃は恋愛絡みは経験が少ないから、あたふたしてしまっただけなんだと思います。

（今思い返してみると……プリメラさまの専属侍女になった時や、王女宮筆頭に選ばれた時の方が嫌がらせは酷かったかも？）

あの頃は必死だったから気にも留めなかったっていうか、そういうのに耳を傾けるくらいならもっと仕事を覚えろっていうセバスチャンさんがいてくれたからやってこれた気がします。

うん？　セバスチャンさんったら割とすごいこと言ってるな……？

今思えばスパルタだな、いいや、結果として私も成長したのでいいんですが。

（そういうところがメイナやスカーレットに『セバスチャンさんは厳しい！』って言われる理由な

のかしら……）

とにかく、統括侍女さまは私の話を聞いてアルダールとの婚姻に関してとても喜ばしいことだと仰ってくださったわけですよ。

その上で職務に差し障りがあるようなことをパーバス伯爵側から言われたりしたら、即報告をするようにとも言われました。統括侍女さまから正式な抗議を出してくれるって！

本当に、頼もしい上司ですよね……‼　はあ、素敵。

（アルダールにも後で伝えないといけないけど……）

タイミングを見計らって会いに行きたいところですが、それすら途中で何かあったらと思うと厄介ですね……。

さすがに昨日手紙が届いて今日何かあるとは思いませんが、油断は禁物です。

ヒゲ殿下がいいタイミングでまた職務から逃げ出して遊びに来てくれないかしら、なんてちょっぴり思ってしまいましたが、残念ながらそんな上手い話があるわけでもなく。

あったらあったで秘書官さんたちが苦労しているってことですから、ない方がいいですね！

（プリメラさまにも一応報告したけど……）

王太后さまにはプリメラさまがご連絡くださるとのことでしたし。

まあ、お知らせせずともご存じのような気がしないでもないですけどね……不思議ですが、そういうものなんでしょう……。あんまり深く考えちゃいけないこともあるのです。

「あと、私にできることって何かしら」

報告業務でしょ、警備の強化でしょ、それ以外にも来ている書類は全部チェック済みですし……

今日はプリメラさまの外出予定もないので待機ですし。

基本的な業務はメイナとスカーレットがやってくれるので、本当に助かってます。

(ああ、そうだ)

お義母さまにお返事を書いていないことを思い出して、私は便箋を取り出しました。

私からの返事が来ないと心配しちゃうでしょうからね！

こちらでも気をつけること、顔合わせの日程が決まったら前倒しで実家に帰るつもりでいること、上司に報告したら喜んでもらえたこと……そういうありきたりな内容ですが、なんというか親子の手紙らしくていいなあ、なんて他人事のように思ってしまいましたよ！

そう思ったところで照れちゃいましたけどね！

……誰も居ない状況で良かった……。

(でも、本当にパーバス伯爵の意図はなんなのかしら)

私がアルダールと付き合う前、もっと言ってしまえばプリメラさまの婚約話が出るよりも前のことだったなら、ありといえばありだったと思うんですよ、私とエイリップさまの婚約。

あくまで貴族としての考えの一つとしてね！

私個人の認識で言えば、エイリップさまとなんて絶対にごめんですけど‼

まあ個人の感情はともかくとして、その頃の私は婚約者もおらず国王溺愛の王女殿下のお気に入りで役職持ちという立場。

加えて、年齢は適齢期よりやや上ですが、浮ついた噂もない。

それだけみればかなりの優良物件だったはずです！

妻に求める内容が見た目や中身は二の次で、立身出世や多くの高位貴族と繋がりたい人間からしてみたら、とても良いカモだったと思うんですよね。

まさしくカモがネギ背負ったどころかお鍋持参状態だったと思います。

まあ私もね？　当時は世間知らずの小娘でしたから、ちょっと言い寄られたらコロッといっていたかもしれません。ほら、私だって乙女なワケですし……。

そうなっていたらお役目も疎かになったかもしれませんし、プリメラさまの近くに権力欲の強い人間が近寄っていたかもしれませんよね。

（今思えば、セバスチャンさんが王女宮に配属になったのって、陛下がそれを心配してのことだったんじゃないかしら……）

私を心配したんじゃなくて、私を心配するプリメラさまが心配で。

陛下は溺愛するプリメラさまのためなら、自分の配下の腕利きを送り込むに決まっています！

セバスチャンさんもきっと、私の知らないところであれこれと手を尽くしてくださっていたに違いありません。

今更そのことを蒸し返して尋ねるのも単なる野暮《やぼ》ってモンですのであえて聞いたりせず、日々恥ずかしくない仕事っぷりと美味しい紅茶の葉を定期的にプレゼントすることに決めました。

きっとセバスチャンさんなら察してくれますよ！

（でもエイリップさまって、その頃から私のことを馬鹿にしていたのよね……？　もしそんな話が出たなら烈火の如く怒り出して結局、成立しなかったんじゃないかなあ）

行き遅れのブサイク的な扱いをしてきたのも彼だし、新伯爵も挨拶したいんだったらお前が来いくらいの高圧的な態度だったし……まあ当時の伯爵はあの妖怪爺だったから、積極的に私と交流を……なんてこともなかったですけどね。

でも、もしその頃に縁談が来ていたら、当時のお父さまとお義母さまだったら私の意思なんて関係なく、喜んでエイリップさまとの婚約を進めていたと思うんですよ……。

とはいえ現実はそうなりませんでした。

その後アルダールと私が付き合い始めた時に妖怪爺が何かを言わなかったのも、噂にあるように私たちの関係が利害の一致であるならいつか別れるかもしれないし、付け入る隙があると判断したとも取れます。

だけど、今はどうでしょうか。

私とアルダールが両思いの仲であることは王城内で知られるようになりましたし、プリメラさまとディーンさまの仲も良好そのものです。

逆に言えばそんな状態で横槍を入れる隙間がどこにある？　って感じですよ。

知らないなら知らないで、めでたい話に横槍を入れる要素がどこにあるのかってことですし。

エイリップさまが私を熱望しているから……とか、ファンディッド家からの支援がないとパーバス家が立ち行かないから……とか、そういう事情でもない限りやっぱりおかしな話です。

たとえそうだったとしても、失礼な行動には違いありませんし……。

(でもそれはどちらもないはず)

弔事の際に訪問させていただいたパーバス伯爵家の様子からは、没落するほど財政難とは見えませんでした。

まあ見た目だけではわかりませんが……でも貴族たちの噂話にそのような話が流れてくることもありませんし、多分大丈夫なはずです。

あったとしても全力でお断りですけどね‼

（……エイリップさまはこのことをご存じなのかしら？　どう思っているんだろう……）

ふと、あの傲慢《ごうまん》な表情を思い出して私は苦笑しました。

もしかしたら、彼は何も知らないかもしれません。

だって私のせいで勘当まがいのことになったと噛みついてきたことがありましたしね！

そうは言っても彼がパーバス伯爵家の跡取りには違いありませんから、ほとぼりが冷めたら新伯爵も呼び戻すつもりでしょう。

その際にもし私が彼の婚約者になったなら都合がいいと新伯爵が考えた……までは理解できるんですよ。権力欲とライバル伯爵家への敵愾心《てきがいしん》が物を言っているだけでしょうから。

（それにしたってタイミングよね）

私とアルダールの婚約の話はまだ内々のもの。

どこから漏れたのかとかそういうことを考えると頭が痛い問題です。

ため息を吐きながらお義母さまへの手紙を書き上げたところで、ノックの音がしてメイナがひょっこりと顔を覗かせました。その表情は少し困惑しているようです。

「ユリアさま、今お時間よろしいですか？」

「どうかしたの？」

「いえ、その、ユリアさまに面会申し込みが来ているとのことで……」

「私に？」

歯切れの悪いメイナの様子も気になりますが、私に面会？　このタイミングで？

私が怪訝《けげん》そうな顔をしたのを見て、メイナも困惑しつつ頷いて口を開きました。

「エイリップ・カリアン・フォン・パーバスと名乗る男性の方だそうです。以前、お断りするよう仰ってた相手だと思いますが、どうしましょう……？」

「エイリップさまが……⁉」

私は驚いて目を瞬かせるばかりで、メイナに対してすぐに返事ができませんでした。


いやね、気になってたよ？

気になってたけどさあ、そういうのは直接来てくれなくていいんですよ！

貴族の面倒くさいところなんてほったらかしで、こっちは侍女業務に邁進《まいしん》したいんです。

いいから私に侍女ライフを堪能させてくれないかなあ‼

番外編　ようやく手放せた

「ユナ嬢、それじゃあ次はなんだったかな？」

「本日の予定はこれで終了でございます。明朝は市場の生鮮食品担当との話し合いの後、学園への入学準備でそちらに赴く予定となっております」

「ああ、そんなものがあったか……面倒だがしょうがないね。明朝は馬車ではなく徒歩で行くことにするから、ユナ嬢もそのつもりで」

「かしこまりました」

リード・マルク・リジル。

リジル商会の、跡取り息子。そして何故か、罪人同然の私を気に入って秘書にして連れ回す、その意図がまるでわからない少年。

とても賢くて、底が知れなくて、たまに……かつての、ディ、ィ、イを思い出させる。

それが私の、この少年に対する評価。

……めまぐるしい日々に、おかげで余計なことは考えないで済むけれど。

「良い顔をするようになったね」

「……何がでしょうか？」

「ふふ、リジル商会に預けられた時は随分と酷い面構えをしているなあと思ったものだけど、今は落ち着いて見られるようになったじゃないか。……何かきっかけでもあったのかい？」

言い方がいちいち腹が立つ。少しは年上を敬う気持ちってものはないのだろうか。

（いや、そんなもの持ちあわせる必要がこの人にはないんだ）

この少年は私のことをまともに部下とは思っていないのだろう。

実際、私も上司とは思っていない。

結局お互いに、損得勘定《かんじょう》でここにいるだけの関係だ。

そこに信頼や情といった輝かしいものはない。

働いている商会の上役であることは間違いないけれど……私の忠誠は、今もマリンナル王国にある。ひいては変わらず、フィライラ・ディルネさまに捧げたままだ。

だけれど確かにこの少年が言うように、私の心は少し落ち着きを取り戻したのだろう。

そしてそれは、やはりこの国に来たからこその話であると思う。

「……そうですね。あえて申し上げるとするならば、ウィナー男爵令嬢にお目にかかってから、でしょうか……」

「へえ？」

珍しく興味を持ったようにリードさまがこちらを見た。

でも私はそれ以上何かを続けるでもなく、彼を馬車に押し込めてお辞儀をする。

「それでは明朝、本店にお迎えに上がります」

「なんだ、つまらないな。……まあいいか」

クスクス笑うリードさまは、それ以上聞く気はないらしい。

どうせ私にそこまで興味はないのだろう。私も興味を持たれたいわけではないから、構わない。

「それじゃあ明朝、本店で」

「ごゆっくりお休みください」

馬車が出発してくれてホッとする。

見えなくなるまで見送ってから、私も帰路についた。

私の部屋は、本店にはない。

当然だ、私はリジル商会に預けられただけの、罪人なのだから。

（でも、そうだ。私は……私が取るに足りない、ただの人間だと……思い知ったから）

ミュリエッタ・フォン・ウィナー。

ほんの少しだけ見かけただけの少女が、私にそれを自覚させた。

（彼女のような人が、きっと神様に愛された人なのだろう）

マリンナル王国の王女であるディィや、この国のプリメラ姫が特別輝いているのは、当たり前のことだ。姫君たちは私たちとは違う世界の住人であり、輝く宝石であり続ける方たちだから。

私は、そんな彼女たちの近くに居る自分も特別な存在だと思いたかった。

特にディイは商才もあって大人にも負けない知恵があって、勇気があって……。

今ならそれが、彼女に対して勝手に抱いていた……いいや、今でもそう思っているけれど、とにかく重荷だったのだろうと思う。

私の勝手な、この感情は……大切なあの子にとって、ただただ負担だったのだとわかっている。

わかっていたけれど、認められなかった。

あの頃はそれが正しいと、私は思っていた。思いたかったのだ。

でも、認めざるを得なかった。

（……私の目から見ても、特別な存在だった）

この国で何があったのか、どうして彼女が特別なのか、情報としては知っている。

ミュリエッタ・フォン・ウィナーという少女は、平民出身だという。

父親の功績で貴族籍に身を置くこととなり、ただでさえ希有《けう》な能力とされる治癒の力を持っている。それに加えてその能力は極めて高く、その上、計算術などもこなす才媛。

まるで王族がごとき〝特別〟な能力を有した娘。

（この国で祝福の花と同じ色の髪色をした美しい少女が、さらに有能だっただなんて偶然……これを〝特別〟と呼ばずになんと呼べばいいのだろう？）

まさしく、物語にあるような、神の愛し子という存在にしか見えない。

そんな存在は、過去の歴史書にいくらでも出てくる。

英雄がごとき活躍を見せた王族の話、奇跡を起こした司祭の物語。

それらの全ては嘘でないにしろ、話を盛ったものだとばかり私は思っていた。

彼女についても、巨大なモンスターを退治した父親というだけでは足りない何かを補うために、男爵の娘をより民衆受けするように話を盛ったのだと、今までそう考えていた。

実際、最近までミュリエッタ・フォン・ウィナーという少女に関しては、クーラウム王国から正式なお披露目はされていないようだ。

あくまで叙爵式は父親が主体で、娘は添え物という扱いだったとか。

その存在自体こそ隠されてはいないものの、表に出てくることはこれまでなかった。

それゆえに余計な憶測も相俟って、優秀だという噂に尾鰭《おひれ》がついて広がっていた。

（おそらく私のような国外の人間は、話半分程度に見ているんだろうな）

ところが蓋を開けてみれば、彼女は才能の宝庫だ。

学園への入学だけでなく、治癒師となり活躍しているとくれば話は変わってくる。各国が本腰を入れて調査するのは当然のこと。

希有な治癒師としてその能力が高ければ高いほど、利用価値は上がるのだから。

(調査で、本当だと聞いても……目の当たりにするまで、信じられなかった)

リードさまに連れられて、一度だけ会って軽くご挨拶をしただけだけれど。

彼女のような存在こそが〝特別〟なのであって、私は取るに足らない凡人であると理解するのにそう、時間は必要なかった。

私は才媛だと母国で評されることがあった。

ディイの傍にあってその評価は当然だと思っていた。

私は彼女の横に並び、ずっと支えていく〝特別〟な存在であると思っていた。

それは、驕りだと気づいていても、蓋をした。

(だって私は、努力するしか能がない。そんなことに気づきたくなかった)

いいや、努力は大切な能力だろうと思う。

それを否定するつもりはない。否定されたら、これまでの私が否定されることになる。

だけど努力は誰にだってやろうと思えばできることだとおもっているからこそ、その中で結果が伴ったというだけの話であることも理解しているつもりだ。

(才能は、最初から存在する)

私は努力をして、知識を得た凡人だ。今ではそう認めざるをえない。

けれど最初から才能を持つミュリエッタという少女は、私が努力してなし得たものを手にするスピードが違うのだろう。

それが羨ましくて、妬ましい。

そう思ってしまうことこそが、自分が凡人である証明だと気づいてしまった。

彼女だって何かしら努力はしていると思う、だけれど……比べてしまったから。

努力して、知識しか手に入れられず、その知識から何かを成すことができなかった私と。

努力しているのかどうかは不明でも、その能力を遺憾《いかん》なく発揮して必要とされて表舞台に引っ張り上げられた彼女とでは、まったくもって違うのだ。

(妬みでも、僻《ひが》みでもなく……これは事実だ)

彼女に会って、それまで受け入れ切れなかった『自分は努力ができる凡人である』という現実が、何故かすとんと胸の中で落ち着いた。

私は特別な何者かではなく、ただそこいらにいる人間と変わらない。

それを理解して受け入れ、ただ努力をして『特別である』ディィの後ろに控えて彼女を支えられれば良かったのだろう。

でもそれができなかったのは、愚かで矮小《わいしょう》な私の自尊心が犯した過ちだった。

私も特別な存在であると信じたかった。

特別な人の傍《かたわ》らにある私もまた、特別でなければならない、そう思い続けていた。

そうでなければ、私は……ディィの隣に、居られないと、思ったから。

(でもそれは、誤りだった)

特別であろうとしたそのことで、私は大切な幼馴染の隣に立つ権利を失った。

自分から、失ってしまった。

私は、自分のエゴで全部をなくした。どうしてなのかなんて、本当は知っていたのだ。

とっくの昔に知っていた。気づいていた。

私が特別なんかじゃないってことくらい、もう、ずっと前から。

ただ、認めるにはもう遅すぎた。遅すぎると思って、もう止まれなかった。

(だってそうでしょう？)

そこで止まってしまったら、周りが過ちを犯した私をどんな目で見るかわかったもんじゃない。

いいえ、そうよね。

そこで止まれていたら、今ほど苦しい気持ちにはならなかったかもしれない。

(……そうね、その頃に止まれていたら、今みたいにはならなかった)

もし過ちを認めることができたとしても、周りからの目は厳しかっただろうし、いくら反省したって言っても許されないこともあっただろう。

けれど、きっと……母国を追われるなんてことは、なかったはずだ。

母に泣かれて叱られても、あの温かな場所にいられたはずだ。

ディイも呆れながら隣にいてくれたはずだ。

私が再起するため、きっとみんなが力を貸してくれたに違いない。

だけれど、私は誤った。

その結果が、現在のこの状況だ。

(……そういえば)

今日会った、彼女……ユリア・フォン・ファンディッド。

貴族でありながら侍女であることを望み、プリメラ王女の信を得ている人物。

彼女は己が何者か問われた時に、迷わず『王女の侍女である』と誇らしげに答えた。

私の目から見ても、特別でもなんでもない、どこにでもいる平凡そうな女性だった。

事実、今日店内で茶葉を眺める姿はやはり普通の女性そのもので、私の謝罪を受け入れてくれた姿もごくごく普通の、善良な人物そのものだった。

ミュリエッタという少女を見て、私は自分が〝特別ではない〟と知ったけれど。

（でも、そうね）

ユリアという女性に会っていたからこそ、ミュリエッタという少女の特別さに気がつけたのかもしれない。そう思った。

平凡でも大切な人の傍にいる努力さえすれば、ずっとそうしていられる未来があったのだと彼女に教えられたのだ。

（それをちゃんと理解するには、遅すぎたけれど）

もう少し早ければ良かったのにと、今では思う。

それ以外にも思い返せば、あれもこれもと情けない限り。

（後悔ばかりの人生になってしまったけれど……これから挽回していこう）

私の生活は、ただ一人……遠くから、大切な人たちの幸せを祈り、そして大切な人たちにこれ以上悲しい顔をさせないために、真人間として生きていくことだけだ。

「さあ、明日の朝も早いんだからさっさと寝なくちゃね」

番外編　強欲な王子さま

「そういえば、例のお嬢さんは頑張っているそうですね」

「……ああ、ユナ・ユディタのことか」

「はい」

執務の最中に、休憩も必要だと言ってやってきたニコラスがそんなことを言い出して、書類にサインする手を止める。

差し出されたティーカップを受け取って、一口。

「茶の淹れ方も様になったものだな」

「お褒めの言葉ありがとうございます」

「褒めてはいない」

生意気な専属執事に視線を向けるわけでもない。

ただ、喉が渇いただけの話だ。

「……逐次《ちくじ》、リードから連絡はもらっている。特に怪しい動きもないようだ」

「それはよかったですねえ。以前の騒動以来お会いしておりませんので」

にこにこ笑うニコラスは、どうせ何もかも知っていて話題を振ってきたに違いない。

それが仕事の手を止めさせるためなのか、他の意図なのかはわからない。

自分の部下を相手に腹の探り合いとは、王となる身は厄介なものだと少しばかり息苦しく思ったが……よくよく考えれば、そうでもないのかもしれない。

（単にこの男の性格が悪いだけだしな）

自分の性格も決して良いとは言えないが、このニコラスという男の底意地の悪さはおそらく知っている中でもなかなかのものに違いない。

何故そう思ったのかと言えば、父である国王の〝影〟は幾人か知っているが彼らと言葉を交わす陛下の表情はなかなかに楽しげだ。

そしてプリメラのところの執事は〝影〟としてではなく、怪しい動きをするものに対しての抑止力であるようだ。

そのおかげなのか、妹の宮は常に和やかな空気を醸《かも》している。

あの雰囲気を思えば、陛下の性格が悪いのか、それともニコラスの問題かになるのだが。

（まあ、両方ではあるのだろうな）

妹に求められているものと、自分に求められているものは全く違う。

守るために配置された〝影〟ではないのだから、王女宮とここで配属された人間の役割が違っても当然のことだ。

そもそも一国の王ともなれば、腹の内が簡単に読まれても困る。

実際、そのように自身も教育を受けている身としては納得の話だ。

「お前は何が目的でその話を？」

「え？　いやだなあ、ただ単に殿下が休憩なさるのに退屈させないよう、話題を振っただけにございますよ」

クスクス笑うこの男は元々細い目を細めて笑った。

それが一層こちらを苛立たせるのだから、ある一種の才能には間違いない。

「かの国でお待ちの婚約者さまが、このことを聞いたらさぞお喜びになることでしょうねえ」

「……。黙って働け」

「これは大変失礼を。お茶のおかわりはいかがですか？」

「いらん。……この書類に関する資料を持ってこい」

「かしこまりました」

ニヤニヤ笑うニコラスは腹が立つが、だからといってこいつが望む通りの反応をしてやる義理もない。どうせ婚約者であるフィライラに手紙を書かせようという魂胆《こんたん》だろう。

どうにもニコラスは我々の婚約がドライすぎると文句をつけたいようだった。どうせまた巷で流行っているという恋愛小説でも手本にしろと言ってくるに違いない。

本気で心配しているわけではなく、ただ揶揄いたいだけなので放っておくに越したことはない。

無論、婚約者との仲が親密であることに越したことはない。

特にユナ・ユディタの件があって、婚約を見直した方がいいという声も僅かながらに出たのだ。

あの視察での一件はあくまで非公式での来訪ということで、婚約を見直せばそれらも表沙汰にしなければならなくなるという理由で落ち着いたのだが……。

（今でも私の婚約者、あるいは側室の地位を狙う貴族はいるのだろう）

フィライラ・ディルネ姫は王を支える妃としても、個人的に長く付き合って行くに値する女性だと思えばこそ妃として是非に迎えたい。

遠い地にある小国だと揶揄《やゆ》する連中を黙らせたい一心で、そしてあわよくば妹によく思われたいという下心もあって視察に参加してもらうついでにユナ・ユディタの件を解決してみせるつもりが蓋を開けてみれば失態続きだった。

最終的にリードがやってきて、父上が私の結果次第では行動に移せと次善策を準備してくださっていたからそれ以上の混乱なく場は治まったが……。

(情けない。……だが)

結局のところは安易に考えていた己の不甲斐なさが原因だからこそ、私はまだ反省すれば済むだけで終わった。

しかし、フィライラ・ディルネ姫はそうではないだろう。

自分の手で、できる限りのことはしたい……そう言っていた彼女は、あの結末に対してどう思っているのだろうか。

『王族として、これで良かったと思っております』

そう言いながら笑みを浮かべ去って行った彼女は、毅然《きぜん》としてた。

でもそこに寂しさや、悔しさが滲んでいなかったか？

(それなのにクーラウムの商店で働き出したこの僅かな期間で、立ち直った様子が見られただなんて知ったら彼女はどう思うのか)

王太子としての私は、結果が良かったのだからそれで満足すべきだと思う。

これまでの失態は糧《かて》として、王となる前に失敗できたことを心に刻むべきだと。

彼女もまたいずれは王妃になるのだから、同じように思ってくれればそれで十分だと……。

しかし、個人的な気持ちとしては……それを受け入れるには、少しばかり難がある。

（自身がどれほど心を尽くしても伝わらなかったものが、大して知り合いもいない土地であっという間に瓦解《がかい》したなら……彼女は、自分の努力が無駄だったと嘆かないだろうか）

王太子として、個人として、どちらの考えが正しいのかはわからない。

今、この場でそれを伝えるために筆を取らなかったとしても、いずれはどこからかフィライラ・ディルネ姫のところに話は届くだろう。

それを考えれば事情を知る自分から伝え聞く方が、まだ楽だろうか？

（苦しく思った時に、頼ってくれれば良いのだが）

私は彼女にとって、それに値する人間だと思ってもらえるだろうか。

胸の中が、むず痒《がゆ》い。

（こんなだからニコラスに揶揄われるのだろうな）

それはそれで癪だが、婚約者に対してこんなに感情を揺さぶられるとは思いもしなかった。

かつては婚約者など国益にさえなってくれれば誰でも良いとさえ考えていたのに。

両親は愛というより信頼関係、それで成り立っている夫婦という姿を見せられていたからそう思ってしまったのかもしれない。

（プリメラの母である側室殿は、父とどのような夫婦だったのだろうか）

二人は愛し合っていたという。

王妃である母は、いつだったかその話をしてくれた。

『身分が違う、能力が違う、だけれど妻として彼女は正しく役割を果たしてくれた』

それ以上のことは語らなかった。

だが、優しい笑みを浮かべていたのが印象的だったからよく覚えている。

「おや、王太子殿下。楽しそうですね？」

「戻ったのか」

「はい。資料はこちらに」

「ああ。そこに置いておけ」

「読まれないのですか？」

「気が削がれた。茶を淹れろ」

「かしこまりました」

私は未熟者で、愚か者だ。だからこそ夢を見てしまう。

これまで見てこなかった夢を見るからこそ、それは強欲なものになるのだろうか。

（……信頼と愛情、両方か）

フィライラ・ディルネ姫と共に歩む道で、私はそれを手に入れたい。

引き出しを開ければ、王家の印が刻まれた便箋がそこにある。

「お手紙を書かれるので？」

「ああ。書き上げたら直ぐに出せ」

「承知いたしました」

「それから」

ニコラスがティーポットに湯を注ぐ前にそれを制す。

そうだ、強欲で何が悪い。

「もう少し美味い茶を淹れろ、ニコラス」

転生しまして、現在は侍女でございます。 11

キャラクター投票結果発表
&
特別書き下ろし短編

『転生しまして、現在は侍女でございます。』
10巻発売時に実施しました
キャラクター投票の結果を発表！
1位となったキャラクターの
特別書き下ろし短編と
あわせてお楽しみください！

キャラクター投票
～結果発表～
第1位
アルダール
第2位
ユリア
働いている姿が素敵なユリア！
＼応援ありがとう!!／

第3位
針子のおばあちゃん

あたたかさに心つかまれます…

第4位
クリストファ

可愛いだけじゃない男の子！

第5位
プリメラ

プリメラの成長に感動の声多数！

第6位	セバスチャン
第7位	アルベルト
第8位	スカーレット
第9位	レジーナ
第10位	メレク
第10位	王太后
第12位	メッタボン
第12位	メイナ
第12位	ビアンカ
第12位	王太子

1位に輝いたアルダールの
スペシャルストーリーをお楽しみください！
『なんてことない、普通の家族』

なんてことない、普通の家族

「兄上！　お帰りだったんですね‼」

「ああ。義母上《ははうえ》からたまには顔を出せと言われてね」

庭先で素振りをしていたらしいディーンが朗らかに笑う。

汗を拭いながら久方ぶりに会う兄の姿に、とても嬉しそうだ。その様子を見て、アルダールもそっと笑みを浮かべた。

武人の家系と言われるバウム家では、剣の道……すなわち騎士を目指すことは尊いこととされている。アルダールもそうであったし、また、ディーンもそう父親から言われていた。

とはいえ、複雑な幼少期の頃にはそれを言われてもアルダールは納得もできずにいたものであった。だが、師となった流浪の傭兵が『出て行くにしろ残るにしろ、腕っ節があれば選ぶ側に立てるだろう』と言われたことで真剣に剣を学んだ。

「大分太刀筋が安定したな。この分なら同年代の中じゃ頭一つ抜きん出ているんじゃないか」

「本当⁉」

「ああ。努力したんだな、ディーン」

「やった‼」

褒められて余程嬉しかったのだろう、弟のはしゃぐ姿にアルダールも笑う。

ほんの少し前まではディーンもやや荒れていた……というには可愛らしいものであったが、過去の己を見ているかのように力だけあれば十分だという態度であったことを思い出す。

「勉強の方はどうだ？」

「最近は家庭教師にも褒められるようになったよ」

「そうか、それはよかった」

「……ユリアさんのおかげだね」

「おや？　王女殿下のおかげってそこは言わなくていいのか？」

「兄上‼」

からかうアルダールの言葉にディーンはカッと頬を赤らめる。

幼気《いたいけ》な恋心は、とても眩しいものだ。

アルダールはその眩しさにそっと目を細める。弟にとって良い出会いであったこと、それが自身の転機でもあったことを思うとなんとも言えない感情が胸にあることを、彼はよく理解していた。

「母上のところにはもう行ったの？」

「いや……せっかくだからお前を誘っていこうかなと」

「あー、長話に付き合わされるのがいやなんだ？」

「義母上は悪い人じゃないが、ユリアとのことを根掘り葉掘り聞きたがるからなあ」

「兄上のことを心配しているんだよ」

「それはわかっているよ」

だが家族に恋を応援されるのは……それも、直接的にアドバイスされるのはアルダールとしても気恥ずかしくてたまらないのだ。

家族としての関わりに、一線を引いていた分だけ余計に照れくさい。

とはいえ、義母であるアリッサのおかげで恋人であるユリアへの贈り物、女性が好みそうな店や観劇の題目を教えてもらっている身でもある。

さすがにディーンも一緒ならば話題も分散されるだろうという目論見があってのことだが、弟は楽しげに笑うばかりだ。

「兄上、ユリアさんはいつ俺のねえさんになってくれるのかな」

「……さあ」

「ああっ、はぐらかした！」

「そのうちだよ、そのうち」

弟にまでせっつかれて、アルダールは苦笑する。

だが、悪い気分ではない。

（こういうのが、きっと普通なんだろうな）

ごくごく普通の、家族のやりとり。

二十も半ばを過ぎて手に入れた〝普通〟を前に、アルダールは手を伸ばして弟の頭をぐしゃぐしゃと乱暴に撫でた。

懐いてくれる弟に、こうした接触をしたこともよく考えてみると初めてであった。

大事な嫡男。正当なる子息。望まれた男児。

偶然生まれてしまった自分とは違う、大切にされるべき存在として弟を見ていた面は否めない。

だが今は、こうした普通のやりとりの中で自然と手が伸びていた。

「……義母上とのお茶が済んだら、少しだけ手合わせをしてやる」

「本当⁉」

「ああ、約束だ」

「やった！　じゃあ早く行って母上のお茶を飲み干してこよう！」

「あっ、おいディーン」

「兄上、早く早く‼」

アルダールにとって家族らしい行動をすることは、とても大きな一歩だった。

だが、踏み出してみればなんてことはない。

（……ユリアにお土産を買う時間はあるかな）

少し早くに家を出て、美味いと評判のワインの一本でも……そう思っていたがあの弟の笑顔を見ると、ぎりぎりまで付き合ってやりたいとアルダールは感じた。

そしてそれが理由なら、きっと王都に残る恋人は笑って許してくれるどころか、きっと楽しそうに笑って土産話に耳を傾けてくれるのだろう。

（……なんてことない日常だけど）

それがこんなにも温かくて大切だと、今更ながらに噛みしめる。

いつの間にか帰ってきていた父親も加わって、夕餉の席で酒を共にすることも。

かつての自分では考えられなかったのになとアルダールはただただ笑うのだった。

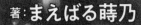

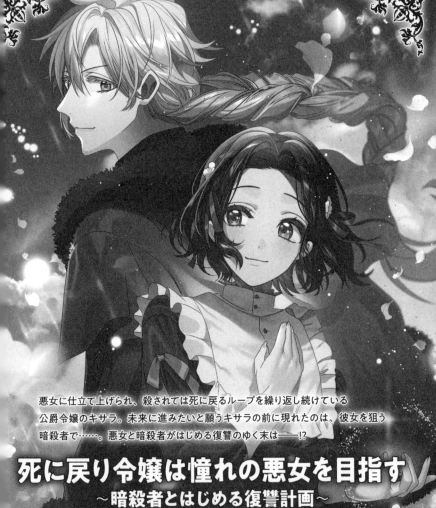

転生しまして、現在は侍女でございます。 11

*本作は「小説家になろう」(https://syosetu.com/)に掲載されていた作品を、大幅に加筆修正したものとなります。
*この作品はフィクションです。実在の人物・団体・事件・地名・名称等とは一切関係ありません。

2024年3月20日　第一刷発行

著者 …………………………………………… 玉響なつめ

イラスト …………………………………………… 仁藤あかね
発行者 …………………………………………… 辻 政英
発行所 ………………………… 株式会社フロンティアワークス
〒170-0013　東京都豊島区東池袋3-22-17
東池袋セントラルプレイス5F
営業　TEL 03-5957-1030　FAX 03-5957-1533
アリアンローズ公式サイト　https://arianrose.jp/
フォーマットデザイン ………………………… ウエダデザイン室
装丁デザイン …………………… 鈴木 勉(BELL'S GRAPHICS)
印刷所 ………………………………… シナノ書籍印刷株式会社